新诗声律例说

郭成华　著

华龄出版社
HUALING PRESS

图书在版编目（CIP）数据

新诗声律例说 / 郭戍华著 . –– 北京：华龄出版社，
2023.4

ISBN 978-7-5169-2511-9

I. ①新… II. ①郭… III. ①新诗—诗律—研究—中
国 IV. ① I207.25

中国国家版本馆 CIP 数据核字（2023）第 057770 号

责任编辑 高志红	责任印制 李末圻
书　　名 新诗声律例说	作　者 郭戍华
出　　版 **华龄出版社** HUALING PRESS	
发　　行	
社　　址 北京市东城区安定门外大街甲 57 号	邮　编 100011
发　　行 （010）58122255	传　真 （010）84049572
承　　印 三河市中晟雅豪印务有限公司	
版　　次 2023 年 4 月第 1 版	印　次 2023 年 4 月第 1 次印刷
规　　格 710mm×1000mm	开　本 1/16
印　　张 18	字　数 245 千字
书　　号 ISBN 978-7-5169-2511-9	
定　　价 81.00 元	

作者简介：

郭戍华，男，1955 年生于北京。资深编辑，曾任职于《中华文学》《文化宫》《时代》杂志。1995 年后历任《中国改革》杂志主编兼编辑部主任；中国经济体制改革杂志社副社长、副总编辑；《中国改革年鉴》编辑部副主任。

潜心研究新诗声律问题四十余年，著有《新诗声律初探》一册，华文出版社 2009 年出版。

自　序

　　本书是作者 2009 年出版的《新诗声律初探》(北京，华文出版社)的姊妹篇。写作的目的，是以具体的诗例展示《新诗声律初探》一书中阐述的理论观点，让读者更具体地感受现代汉语(普通话)语音构诗元素如何在新诗的创作中应用，使之成为更有效、更恰当、更美地表现诗歌内容情感的声律艺术手段。

　　这两本小书立论的全部出发点，可以概括如下：

　　一、诗是语言的艺术。在追求思想深刻、形象生动、意境新颖等方面，诗与其他语言艺术尤其是散文，并无区别。真正构成诗歌文体的本质规定在于，诗是刻意使用语言中的某些声音元素——如音节、韵色、声调等，使之成为表情达意的重要艺术手段。我将这些语音元素，统称为构诗元素。

　　二、华夏之所以成为诗国，除了文化偏重形象思维外，一个重要原因，就是汉语语音中的构诗元素非常鲜明突出。主要是：音节简单整齐；元音为主并且丰富响亮；具有明显的声调起伏。我们的祖先，利用这些极富乐音成分的构诗元素，不仅创造了浩如烟海的诗篇，而且形成了冠绝世界诗歌艺术的格律体系，其魅力之强大，甚至可以独立于诗歌内容而存在。

　　三、当然，古人将格律定为公式套用一切诗歌内容，不仅束缚思想与创作，也违背了语音构诗元素是表现内容感情的艺术手段，应根据内容感情的需要而组合使用的本质要求。因此，现代白话自由体新诗抛弃传统格

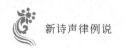

律，肯定是巨大进步；但抛弃格律公式，却绝不应该抛弃构成这些公式的汉语语音构诗元素在诗歌创作中的应用。否则，既导致诗丧失了诗歌体裁的本质特征，成为分行散文；也是对汉语语音艺术特色的亵渎。

四、现代汉语自由体新诗无论怎么新，无论如何突破传统而追求现代性甚至后现代性，它依然是诗，依然是语言的艺术，依然要使用现代汉语作为艺术创作的材料或表现手段。其中当然既有语义构成的概念、逻辑与非逻辑、思想形象和场景等内容，同时也不可避免地涉及汉语语音的艺术表现力。而刻意追求、探索、运用这些语音艺术手段，才是使诗成为诗并与其他散文艺术相区别的根本所在。放弃了语音构诗元素的艺术运用，新诗思想内容再现代乃至后现代，也只能是分行散文而不再是诗。因此，那种把诗的语音修辞艺术视为单纯技术，甚至说成"细枝末节"的人，正如绘画不精研色彩线条，作曲不熟稔音程、调式、对位法等一样可笑，不是肤浅无知，就是懒惰无能。

五、本书的宗旨，就是探索如何利用现代汉语语音构诗元素表现诗歌内容感情的规律，从而建立类似乐理学那样的新诗声律学或新诗形式学；而不是幻想人为地规定一套新诗的格律公式。这些规律包括但不限于：分析汉语音节组合的不同节拍及其各自的节奏性质，以及如何组织它们形成不同感情色彩的节奏，以表达诗歌内容；分析汉语韵色各自不同的音色联觉特征，探索韵色在诗中的表情作用；分析汉语四个声调各自的旋律色彩，并探求以之表现诗歌情感内容的规律。

六、特别需要说明的是，本书所举那些能够以语音构诗元素成功传情达意的诗作，只是比较而言，绝非意味成功只此一途。由于汉语词汇及其表达方式的丰富和多义性，加之诗歌思维本身的非逻辑特征，尤其是诗歌抛弃格律公式而走向自由化，给诗人运用语音表现力从事艺术创造提供了巨大且多样性的空间。正如虽然乐理学基本规律告诉我们，小调比大调色彩阴郁，但在不同的节奏与旋律组合下，仍有众多音乐家用小调创作出色彩欢乐的作品。本书分析的语音之节奏、韵色、声调的规律同样如此，应成为创作的指导，而非僵死的教条。

七、本书与《新诗声律初探》的立论宗旨与内容一脉相承，只是明确提出了汉语语音构诗元素的概念及其在新诗中的传承问题。区别是本书不再采用系统论述的方式，而以例说的形式各自独立成篇。但在全书布局上仍按汉语构诗元素分部。独立成篇的好处是方便读者随意阅览，而不必严格按照顺序才能贯通。缺点则是各篇中难免有重叠的一些内容。但也或有加深阅读印象的功能吧。

八、希望我的努力及《新诗声律初探》和《新诗声律例说》这两本小书，能为新诗形式学的研究开辟一条新的道路，使之彻底摆脱自由与格律的论争误区。也为学习新诗写作者提供利用语音形式表现思想感情的基本方法与范例，并启发和促进新诗创作者们在创作中对这些方法进行更广泛深入探索，总结规律，从而最终建立像乐理学那样以规律指导创作，而非格律公式的新诗声律学。

九、最后，也是为希望成为诗人的朋友提供一个自测——如果你读不懂这两本书，如果你连汉字四声具有不同的感情色彩都感觉不到，恐怕你很难成为一个诗人，因为你缺少诗人最起码的天赋。你写出的东西内容再深刻伟大，也不会是诗。正如，谁都可以唱歌，但要成为音乐家，起码必须有一双做音乐家的耳朵。诗亦如是。

十、本书所引诗例均为公开发表作品，其中亦有网上作品。引用时只注明作者姓名或网名。未署名诗例则为本书作者所作。

2021 年 10 月 20 日

目 录

Contents

第 1 章 概论

第 2 章 节奏

第 3 章　韵色

第 4 章　声调

第 1 章　概论

新诗形式问题浅说

　　关于新诗的形式问题，从新诗抛弃华夏千年传统格律，借鉴西方现代诗而走向白话自由体那天开始，就存在种种不满、批评、争论和探索新格律的努力。要厘清这个问题，恐怕先要放下个人偏爱好恶，搞明白诗为何物，包括诗的形式构成及其作用。

　　关于诗的定义，可以有许多种，因为概括的角度不同。

　　但我以为，所有人都不可否认的一个定义是，诗是一种刻意利用语音元素——节奏、韵色、声调、轻重、长短等，构造独特的声音形式，并以这些形式表情达意的语言艺术。

　　即便是今日主张极端自由体的新诗人们，也不能否认我的上述定义。否则，他就无法回答这样的问题：你虽然否定押韵，否定声调作用，否定音节排列规律，但你为何还要分行书写呢？

　　他肯定不会说是为了浪费纸张！有可能的回答是"建筑美"，或干脆说纸面游戏。但为何散文就不需要"建筑美"之类的纸面游戏呢？这显然难以自圆其说。

　　其实真正诚实的回答只有一个：没有了刻意利用语音构诗元素——节奏、韵律、声调以表情达意的体裁规定性，如果再不分行，就没人承认你写的东西是诗了。换言之，分行成了诗之体裁的唯一形式规定性，或曰铭牌！

　　但若继续深入追问，分行除了证明作品是诗的纸面铭牌作用外，使其能成为这铭牌背后的深层原因何在？答案只有一个：分行可以提示读者注

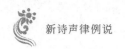

意把握诗行之间声音上的节奏，以之传达作者的情感思绪。

由此可见，分行作为诗的形式特点之一，其实质是要实现某种语音的声音效果，比如节奏的快慢顿挫，使之成为诗的表达手段。

其实，无论中外诗歌，都具有刻意利用语音的某些元素构建声音形式的体裁特征。例如英语诗歌的轻重律、法语诗歌的长短律等，以及普遍的押韵形式。

由于我们汉语语音中的构诗元素尤其丰富鲜明，因此华夏诗歌的形式性建构就特别发达，并在科举制度等文化环境加持下，发展出一整套，甚至具有独立于诗歌内容之外的形式美的诗词曲格律公式。

但格律虽精美，却因成为僵死的公式而束缚思想，尤其背离了诗歌的声音形式是为表达内容而存在的，理应根据不同内容进行自由的艺术创造这个本质要求。因此，新诗抛弃僵死的格律公式，走向白话自由体，当然是巨大的解放与进步。

然而新诗在抛弃格律公式的同时，却把构造诗歌声音形式的那些语音构诗元素也一并抛弃了，完全忽视了这一道理：这些构诗元素既可以搞成僵死的格律公式，也可以成为自由运用的构成诗之传情达意声音形式的艺术手段。

如果说古人把语音构诗元素僵化为格律公式，将一切内容往里面套，是一种愚蠢；那今人干脆把语音构诗元素和格律公式一起抛弃，则是更大的愚蠢。因为如此一来，新诗不仅失去了利用汉语丰富的语音元素表现诗歌内容感情的艺术手段，更重要的是，使新诗丧失了诗的体裁形式规定性，流于分行散文，诗也就灭亡了。

从诗的形式与内容的更深层次看，诗的形式也是内容的规定性之一。

诗是语言艺术，因此语言作为形式规定了诗与所有使用语言的艺术——散文、小说等具有规定共性，即要使用语言的概念、逻辑、语法、词汇、语象等表情达意，而非像绘画艺术那样使用光和色彩线条，也不像音乐音艺那样使用人声与器具的乐音。

但同样是语言艺术，诗与散文等其他语言艺术体裁的差异性规定，即诗的特性，就是诗除了利用语言的内涵表情达意外，还特别要利用语音作为形式手段以表情达意。这一独特的形式规定性，作为表情达意手段的同时，也对诗的内容形成一定的制约或构造规定。

比如，不同民族语言的语音特点，就影响到不同语言诗歌形式对语音构诗元素的不同侧重选择，就使它们的诗歌语言展现出不同风貌。英、法、俄语诗，因语音韵色不鲜明，因而视轻重长短节奏重于韵律节奏；而日语由于谓语后置导致韵字极少，竟很难形成韵文语言传统，因此或袭用汉文诗，或只有简单的俳句。

又如，汉语单音节声音独立性强，其诗形上就不宜让诗句过长，一般不超过 9 个音节；节拍排列也不宜随意散漫，否则难以构成鲜明的节奏。这一形式上的特点，也影响或曰规定了汉诗语言内容的诗性特征，如以二音节和三音节词汇为主，避免过多使用虚词等。

日本学者松浦友久在评论中国诗歌的特点时说："中国诗韵律结构与中国语的特点关系最为密切；同样地，与韵律结构有着不可分割的关系的抒情结构，恐怕也深深地受到它的影响。"（松浦友久：《中国诗的性格——诗与语言》，蒋寅编译：《日本学者中国诗学论集》，南京：凤凰出版社 2008 年，第 18 页。转引自蔡宗齐《七言律诗节奏、句法、结构新论》，载《学术月刊》2017 年第 2 期）

蔡宗齐先生更在上文中指出，"七言律诗节奏方面的革新不仅加强了诗歌的音乐美感，更重要的是开拓了诗人不断建构新型主谓句和题评句所需的空间。"他还研究了七律体式对诗人表达思维与情感逻辑的影响，认为七律诗格在节奏、句法、结构形式多样化方面比之五言诗格的创新，造就了"言灵变"的语言特点。

既然我们了解了诗的形式与内容之间互为依存的关系，就应该明白，我们可以抛弃传统诗歌的格律公式，却不能抛弃以语音构诗元素为手段，创造适合诗歌内容表达需要的声音形式的追求及其规律的探索。

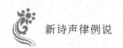

这才是新诗未来的出路。这种声音形式及其规律的追求与探索，很可能就是新诗形式学的建立，其主体则是新诗声律学。

本书即是为此努力而作的例说。

（2021 年 11 月 1 日）

汉语语音的构诗三元素

一、什么是构诗元素

人们常说，诗歌是语言的艺术。但小说散文同样是语言的艺术，诗歌又与之有何区别呢？

其实，语言包含着两个方面。一个是语义，即语言反映的人之思维内容，包括概念、形象、情感等。在这个方面，诗歌与小说散文等其他文学艺术比较，虽也可以有一定差异——比如思维表述的跳跃性、赋形造像更具唯美与象征性等；但这些并非诗歌作为一种文学体裁独有的特性。因为小说散文等其他文学体裁，同样可以使用诗意诗性的语意表达方法。

语言的另一方面，则是其物质外壳——语音。而正是语音，才构成了诗歌这一文学体裁区别于小说散文等其他体裁的根本特征。

语音当然首先是语义的承载物。我们日常口语以及小说散文等文学艺术，也是利用语音的这个基本功能，却并不刻意追求语音本身的艺术表现与创造。

但我们知道，声音作为一种对人的物理刺激，其强弱轻重、高低变化的有规律与有目的的组织，是可以引起人的感情共鸣与心理联觉——即形象联想的。这正是音乐得以存在的原因。

语音除了作为语义承载体外，其发音的轻重缓急、长短高低、响亮喑哑、音色对比与重复等，虽然不如音乐那样复杂多变，但适当组织起来并构成规律，其创造出的节奏感、音色共鸣和声调起伏的旋律等乐音性质的

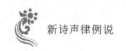

声音色彩，同样可以发挥某些传情作用，并使听者有耳悦心动的艺术感受。

诗歌除了和小说散文一样利用语义表情达意外，更独特之处正是利用语音的上述声音特征元素，创造出有规律的、特别具有节奏性的、能更强烈传达感情意境的语言艺术。

换言之，刻意利用语音的某些特性元素，特别追求语音的表现作用，才是诗之成为诗的关键，也是诗与其他文学体裁的根本区别。

因此，我们将语言中这些可以以之构成诗歌特有体裁特征的语音元素，称之为构诗元素。

二、中外诗歌均使用语音构诗元素

据统计，全球现已查明的语言有 5000 多种。这些语言虽千差万别，但由于人类发音器官的生理限制，所能发出的具有语音构造作用的声音——语音学谓之音素，总是有限的。由国际语音学学会制订的，用来给全世界各种语言注音的国际音标 2015 年版中，用于描述音素的字母只有107 个（当然，各种语言还根据需要增加特殊符号）。

而所有的人类语言，由于声音的物理属性和人之生理与思维的共性，其语音也都具有一些共同特征。

其关键就是，所有语音都具有声音的四个物理性质：音高、音强、音长和音质（音色）。不论何种语言，都是使用声音的上述四个性质，以不同的组合方式和侧重，构造自己的语音音节，以实现表情达意。而同时，语音的这些高低、强弱、长短及音质音色，及其组合体音节，都可以成为构诗元素。其中高低、强弱、长短，在诗歌中经常被有规律地排列组合，从而使诗歌在声音上，具有比其他文学体裁更强烈的节奏性。而音质中的音色相近，则被用作诗歌的押韵，构成和谐的声音效果，以及韵句与非韵句对比或重复间的音色节奏。

　　当然，由于不同语言在语音上利用声音元素的不同，也导致其构诗元素的侧重不同。下面让我们看看一些语言的构诗元素。

　　英语的特点，是元音的长短和音节的轻重读很明显，并且具有辨义和语法作用。因此，英语诗歌就特别利用了音节的轻重，构成不同的节奏。比如英诗中所谓"抑扬格"的二音节音步，就是音步中的第一个音节轻而短，第二个音节重而长；而"扬抑格"音步正相反。英语诗歌正是将音节的轻重长短作为构诗元素，形成有规律的对比排列，造成英语诗歌强烈的节奏感。

　　也正是英语节奏强烈的特点，使英语诗歌即使不押韵，也能形成特有的声音旋律。比如莎士比亚等人的诗剧中，一般都不押韵，依然在听觉上让人感受到诗歌特有的节律。

　　当然，大多数英语诗歌还是押韵的。且因为英语的音节比较复杂，常有辅音丛和辅音尾，也使英语诗歌押韵形式变化较多。比如押单韵，即押韵的元音必须相同，元音后面的辅音也必须一样。这种韵脚强健而有力，故又称"男韵"。如只押元音而不顾后面的辅音，称半谐韵。又比如押双韵，或称长短二音韵，即重音落在前一音节上。因为这种韵律轻快优美，所以又称"女韵"。另外还有句末三个音节同时押韵的所谓三重韵，等等（见梁守涛著《英诗格律浅说》，商务印书馆 1979 年北京版）。

　　俄语语音的音节，同样区分重读和轻读。因此俄语诗歌也讲究轻重音的节奏，即利用语音轻重作为构诗元素。如两个音节的"扬抑格"和"抑扬格"，三个音节的"扬抑抑格"和"抑扬抑格"等，是俄语诗歌的基本节奏型音步。

　　另外，在音色构诗元素上，俄语诗也是讲押韵的（见聂凤芝《论俄文诗的格律与韵律》，载《兵团教育学院学报》2001 年第 1 期）。

　　西班牙语诗歌在格律上则讲究音节数量，如八音节诗、十一音节诗等。同时也押韵，即要求句尾音节的元辅音相同或相近。西语诗的另一特点，是利用重读音节，在诗行诗段中形成有规律布局，构成特有节奏旋律

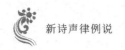

（见唐民权《西班牙语诗的格律》，载《西安外国语学院学报》1998 年第 2 期）。

日本的古典诗完全用汉文写作，也尊从汉诗格律。后来逐渐演变出以日语创作的和歌、连歌、俳谐等日式诗歌。但由于日语中元音较少，只有 5 个，其与辅音构成的音节数量也较少——只有汉语音节数量的四分之一左右，因而音节的元音音色差异不够丰富。更重要的是，日语语法是谓语后置，句尾均以形态相同的助动词语结句。若以其押韵，必单调呆板，千篇一律。这些语音和语法特点，就使得日语诗歌的构诗元素，只侧重于语音中的音节数量，并以固定的音节数——如俳句由五、七、五三行十七个字母组成，形成有规律的节奏。而不把语音音色作为构诗元素，因此日语诗歌一般没有韵脚。

古印度梵语诗歌也是有韵律的。从现存约公元前 1500 年的古印度诗歌总集四部《吠陀》来看，诗人不仅注重了每行诗的音节数量，而且开始关心不同的"音量"——即发音长短在诗中的位置（见于怀瑾《梵语诗歌韵律发展述略》，载《徐州工程学院学报（社科版）》2012 年第 1 期）。

当然，元音数量少的语言，其语音的音色仍可作为构诗元素，在诗歌中以押韵形成和谐的韵律。比如马来语，只有 6 个单元音、3 个复合元音。但马来语古典诗歌仍具有较强的格式规范，不同类型的诗歌拥有各自的结构、形式和押韵特点（见张静灵《马来西亚诗歌发展小史》，载中国作家网 2021 年 01 月 15 日）。

使用普什图语的阿富汗诗歌，也将语音的音节数量和相同音色押韵作为构诗元素。据一位生活在阿富汗的中国人（微信号 yanlaowei）的文章介绍，阿富汗人喜欢玩一种"斗诗接龙（poetry fighting）"的游戏。规定每段诗歌两行 22 个音节，必须以对手诗歌尾字开头，可引用波斯 / 普什图诗人的诗歌。若自己创作，必须工整、押韵。

由上可知，利用语言中的音节数量，及其声音强弱、轻重、长短，以及音质音色的和谐等特点，作为构诗元素，创造诗歌这一文学体裁特有的节奏韵律，应该说是各民族不同语言诗歌的共同点。

三、汉语语音构诗三元素

汉语是语音构诗元素最丰富的一种语言。这也是华夏能够成为诗歌大国的最重要原因。

说汉语语音构诗元素丰富，是指汉语语音的四个物理属性——音长、音强、音高、音色，其中除了音强形成的轻重只在朗读时表现情感外，另外三项，都因特色鲜明而被诗人应用到诗歌声音形式的节奏韵律构造中，因而成为了汉语诗歌的三大构诗元素。下面分别述之。

1. 由音长相等形成的音节数节奏

任何语言要以语音达义，都必须由辅音音素（可以没有）和元音音素（必有），组合成一个一个的语音基本单位或叫语音片断，即音节。然后再由这样的音节结合成有意义的词语。

因为语音音素在口腔发出都要占用时间，即音长或时值，所以音素多的音节时值就必然大于音素少的音节，而音节多的词语时值又必然长于音节少的词语。

尽管有学者认为，也有证据表明，上古原始汉语确实存在多辅音和辅音尾的复杂音节，也可能曾经存在多音节的词语，即两个以上音节表达一个词义的情况，比如"孔"字的上古音就可能读如两个音节的"窟窿"。而音节以辅音结尾甚至保留到元明时代的入声字（今日许多方言中仍有留存）。但不可否认的是，汉语，尤其是方块文字成熟之后的汉语言，其语音音节日渐简单，并最终与汉字结合成音义形的三者统一，即一个音节就是一个有明确词义的汉字。

与英语等拼音文字语言相比，汉语音节之简单整齐表现在三个方面。

一是音节内部结构简单。一般都是一个单辅音加一个单元音或复元

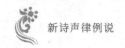

音。没有复辅音或如英语那样的辅音丛。这种结构简单的音节，在发音时长上差别不大，因而容易形成整齐对称的音节节奏。

二是汉语音节一般均以元音结尾。虽然上古中古的入声字音节有塞擦或爆破辅音尾，但均发音很轻很短。而且近现代汉语随着入声字的消失，辅音尾也完全没有了。这种以元音结尾的音节特点，可以使语流中的各个音节前后分割鲜明，因而节奏感强。

三是在大多数情况下，一个音节与词义统一于一个独体汉字之上。字数与音节数相一致，就便于形成声音上每字一顿、两字一拍（每个音节半拍），时值相等对称，规律均匀鲜明的诗歌节奏。

正因汉语音节的上述特点，使汉语诗歌成为典型的音数节奏型诗歌。即只要每句音节数，也就是字数（古人称为"言"）相等，就很容易构成整齐的节奏重复，使诗歌声音感人动听，易吟易记。

比如《诗经》时代的四言诗：

关关 / 雎鸠，（2—2）
　∨　　∨
在河 / 之洲。（2—2）
　∨　　∨

就是每句四个音节，每两个音节构成一拍，如此不断重复的对称型节奏。

而汉魏以后的五七言诗，则是每句五或七个音节（字），每两个字一拍，每句三拍（五言）或四拍（七言）。其中最后一拍只有一个音节（字），因此后面要空半拍：

五言（每句三拍五个音节加半拍零音节）：

迢迢 / 牵牛 / 星 0，（2—2—1）
　　∨　　∨　　∨

皎皎 / 河汉 / 女 0。（2—2—1）
　　∨　　∨　　∨

——《古诗十九首·迢迢牵牛星》

七言（每句四拍七个音节加半拍零音节）：

黄河 / 远上 / 白云 / 间 0，（2—2—2—1）
　　∨　　∨　　∨　　∨

一片 / 孤城 / 万仞 / 山 0。（2—2—2—1）
　　∨　　∨　　∨　　∨

——（唐）王之涣《凉州词》

正是由于五七言诗句尾有个单音节，整句的节奏就不再像四言诗那样对称平衡了，具有更活泼的、充满向下进行动力的歌唱节奏特点。

总之，正是汉语单音节的音长近乎相等而又分界清晰的特点，构成了汉语诗歌以音数为标准的、对称整齐的、鲜明的语音节奏。

2. 由丰富的音色构成和谐的韵律节奏

语音的音色可以分为两大类，一类是发音时气流受阻而形成的辅音音素。其音色特点是以噪音成分为主，音色不响亮不悦耳，在音节中只起辅助作用。另一类是发音时气流不受阻的所谓元音音素。其音色特点是以响亮悦耳的乐音成分为主，是音节的主体。

音色是诗歌的重要构诗元素，这就是押韵。即在诗句尾音节上，重复同样的或音色相近的音素（包括元音和辅音），使诗句尾音节的音色发生重复与不重复的规律性运动，以造成音色的节奏感。

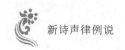

押韵当然应以重复尾音节中的元音音素为主，因其具有乐音色彩。但英语等语言，因为音节多有辅音尾，因此减弱了押韵的元音悦耳性。这也是在西方诗歌中，押韵不如音节的轻重长短节奏重要的原因。

而汉语语音的一大特点，就是元音或元音成分非常丰富，且元音在音节中占主要地位，而音节又多以元音结尾。这就使得音节具有较强的乐音色彩，也使押韵韵律成为汉语最重要的构诗元素。

汉语音韵学将音节中用来押韵的元音部分称为韵母。从古韵书看，隋代陆法言的《切韵》据说有193个韵部，宋代《广韵》则有206个韵母。当然，事实上不可能有这么多韵母——人类发音器官不可能发出这么多不同声音，古人只是将同一个韵母又按不同声调分开而已。现代语音学者严学宭先生构拟的中古音有97个韵母；郑张尚芳则拟为57个韵母。这在世界语族中，也已经是韵色极其丰富的了。这恐怕也是中国古诗几乎没有不押韵者的原因吧。

现代汉语语音比古汉语简化了许多。但普通话中仍有39个韵母，其中单元音10个，由两个或三个元音音素合成的复韵母13个，由元音和鼻辅音尾合成的鼻韵母16个。当然，39个韵母中，有一些是音色相同或相近的，可以归为一个韵部。所以今日普通话用以押韵的韵部，也只有不到20类。不过这也比世界上其他大多数语言的乐音色彩丰富了。

如此丰富的元音韵母，用之构成诗歌的音色韵律，自然极具音乐性。

3. 音高相对变化的声调构成平仄节奏

汉语属于声调语言，即可以用不同声调的变化区别音节的意义。因此，声调也是汉语语音的一大特点，古人亦将其作为构诗元素之一。

所谓声调，是指音节中各音素在发音的同时，声音频率从一个音高滑向另一个音高，形成音高的相对变化。在语音学上，声调并不属于音节的音段成分，而是附加的超音段音位。

上古原始汉语是否有声调，学界尚有争论。但至迟在秦汉之际，汉语就已是声调语言了。而到了南北朝时代，据说以沈约为代表的音韵学家和诗人们，已意识到汉语的声调可以根据其起伏变化分为平仄两类，并在诗文中间错使用，以形成高低变化的声音节奏。

至唐代诗歌勃兴并成为科举考试的重要内容。为了制定诗体的标准格式，朝庭专门设置了"协律郎"官职。史载律诗创制者之一的沈佺期就曾担任此职，负责组织学者研究颁布了带有平仄声调固定格式的律体诗格，谓之格律诗。这当然成为学子们为求功名而纷纷学习遵从的典范。后来又经不断改进完善，终于成就了以句内平仄相间，句间对粘相隔为规律的平仄节奏格律诗体。

总之，纵观中国古典诗歌兴盛史，汉语语音特有的、乐音色彩丰富的三个构诗元素——音节、韵色、声调，无疑发挥了巨大的重要的推动作用。正是这些构诗元素，让汉语诗歌在声音上具有浓重诱人的形式美。与其他语言诗歌相比，具有更突出的节奏和动人的音乐色彩。

这应该说是我们民族语言的骄傲。如何在白话自由体新诗中传承汉语语音独具特色的构诗元素，在从旧格律公式中获得解放的同时，创造性地自由灵活地应用这些构诗元素，以求更好地表情达意并创造新诗之美，正是我们要探索的，也是本书的主旨。

（2021 年 9 月 25 日）

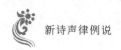

如何在新诗中传承汉语语音构诗元素

前面我们分折了汉语语音的三个构诗元素——音节数构成的节拍，韵色构成的押韵韵律，声调平仄构成的高低节奏。

这些构诗元素以异声对比和同声重复这样两种表现方式组织在一起，构成古典汉语诗歌的旋律特色，并最终发展成一套精巧的、充满艺术魅力，几近可以独立存在的格律公式。

比如我们以最标准完备的七言基本格律为例：

平平／仄仄／仄平／平（韵）（2—2—2—1）
仄仄／平平／仄仄／平（韵）（2—2—2—1）
仄仄／平平／平仄仄（非韵）（2—2—3）
平平／仄仄／仄平／平（韵）（2—2—2—1）

仔细看很清楚。在音节方面：

①每两个音节的重复构成一拍；

②三个这样的双音节拍的重复，最后附加一个单音节拍（常要附加半个空拍）的对比，构成一句；

③句与句之间完全是节拍重复；只是第三句一般会将最后三个音节连读成一拍，以加强与前面二音拍的对比，形成不对称的节奏效果，加强高潮（"起启转合"中的"转"句）并加快向第四句的过渡。

在音色构诗方面：

①一、二、四句押韵，形成尾音节音色上的重复，以造就全诗声音统一，犹如音乐中主音的作用一般；

②第三句不押韵，因而与一、二、四句尾音色形成对比；

③这种音色对比与重复的规律形成音色节奏。

在平仄声调构诗方面：

①句中每个双音节拍内是两个声调重复，或平或仄；

②句中两个节拍之间为平节与仄节对比；

③调整最后一拍半的平仄组合，以保证有韵句尾字声调相同（同平或同仄），而非韵句尾字声调与其他韵句形成对比；

④两句一组，以双音拍组平仄相对为原则，同时顾及③；

⑤下一句组的首句除句尾平仄与上句相对外，其他节拍平仄必与上句重复；

⑥以上规则构成句内与句间声调的对比重复节奏。

其他律绝体和后来的词曲长短句，不过是上述基本格律公式的变体而已。

这套巧妙利用汉语构诗元素的格律公式创造，据信始于南北朝时代沈约等人发现平仄声调，和提出诗文的"四声八病"说，标志着诗人们脱离上古诗歌声音纯出自然，开始探索有意识地利用和组织语音构诗元素。

经过漫长的积累，到唐代，在科举考试制度的有力推动下，上述诗歌声律公式才终于完善定型。因为诗歌是考试的重要项目，而仅依其内容评判高下难免见仁见智，于是格律形式的精准严密，必然成为科举取舍的决定因素。

为了制定诗体的标准格式，朝廷沿袭汉代旧制，专门设置"协律郎"官职。史载律诗创制者之一的沈佺期就曾担任此职，负责组织学者研究颁布了带有平仄声调固定格式的律体诗格，谓之格律诗。这当然成为学子们为求功名而纷纷学习遵从的典范。

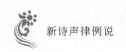

日本《文镜秘府论》和《日本国见在书目》记载，与沈佺期、宋之问等人同为"珠英学士群"的崔融，编有《新定大唐诗体》一书，又称《崔氏新定诗体》或《崔氏唐朝新定诗格》。因此可以推见，律诗定体这一套格律公式编定，是在唐初高宗武后时完成的。

至宋元后，由于士子及民间艺人的创作，又发展出了词曲等更多的变体格律公式，利用不同的音节长短组合声音，表现不同的内容类型，一定程度上丰富了格律定式的艺术表现风格。但对汉语语音构诗元素的利用，依然在公式化的类型范畴之内。

语音构诗元素被公式化，除了方便科举考试的标准之外，也对诗歌的学习和大众普及有一定便利。因为大多数普通民众并不可能深入掌握，也没必要掌握语音的运行规律及其艺术表现；而只要遵循既定的格律公式去填写内容，就可以学写出有相当声律艺术的作品。

当然，肯定也会发生错用格律定式的情况。比如选用四言、六言诗描写欢快内容；又比如用适于伤感凄凉的词牌《江城子》，填写男欢女爱；再比如用《鹊桥仙》《一剪梅》之类细腻婉转声调的格律，去表现雄壮宏大内容；等等。

当然，格律公式的最大问题，还在于限制了诗歌思想内容的自由表达。因此创作格律诗被喻为"戴着镣铐跳舞"。

近现代以来，随着思想解放和白话文学的兴起，白话自由体新诗成为主流。其突出表征就是抛弃传统诗词曲的格律公式，不再拘泥于诗行字数（音节）的限制，不再讲究平仄声调的节律，甚至越来越放弃了使诗歌声调统一谐和的押韵韵律。

换言之，自由体新诗在抛弃格律公式的同时，也基本抛弃了汉语语音的构诗元素！

结果，就是除书面分行（不得不分，否则谁还认它是诗）之外，在声音形式上完全丧失了诗歌本应与散文的本质区别——刻意应用语音构诗元素。这样的新诗，也就成了名副其实的分行散文。

这无疑是中国诗歌的悲哀，更是最具语音构诗元素的伟大汉语的悲哀。

既然我们创作的新诗，仍然应该是与散文有本质区别的文体；既然我们创作的新诗，仍然使用的是汉语；那么我们就理应只抛弃古人以汉语构诗元素制造的僵死的格律公式，而不应该同时抛弃汉语语音构诗元素本身。

因为很显然，若如倒洗澡水把孩子一起倒掉一般愚蠢，在废除格律公式时，同时扔掉汉语语音构诗元素，也就无法再构诗了。这样写出的诗，只能是分行散文——至多是思想内容颇具"诗意"的散文而已。

那么，我们是否能够在放弃格律的同时，继续在自由体新诗中传承汉语语音的构诗元素，以之创造更好的表达诗之思想感情的声音形式呢？答案是肯定的。

事实上，我们若将现代汉语普通话语音中的构诗元素，与古汉语的构诗元素做一比较，就会发现，由于现代汉语的音节结构简化、辅音尾消失、元音成分增强、四声区别更分明等变化，其乐音性比古汉语更加浓厚，表现思想感情的能力更强。因此，只要我们善加利用，这些语音构诗元素，相较古人创造的格律公式，更容易成为新诗的艺术手段。

下面我们分而述之。

一、音节与造律

音节（字或言），无论在古代汉语还是现代汉语普通话中，都是以单音节、双音节、三音节为主要节拍构造诗句的节奏的。区别只在于，在格律诗词曲中，不同音节拍型的排列顺序，是由格律公式事先规定的。比如四言诗只能是2—2节拍；五言诗只能是2—2—1或2—3；七言诗只能是2—2—2—1或2—2—3。词曲中的格律公式增加了单言句如1—2—2，以及3—2、3—3、3—2—2等节拍变化排列。但仍然是事先规定的。

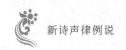

而以现代汉语普通话写作的白话自由体新诗，却没有了节拍排列公式，完全依照日常口语语法语序写出。但不可否认的是：

其一，现代汉语的基本语音节拍，仍以单音节、双音节、三音节为主。四音节及以上的语词较少，且多在语音上可被分读成一、二、三音节节拍。其中尤以双音节的词语作为现代汉语的基本韵律词（或称基本音步。关于现代汉语韵律的丰富研究成果，请参阅冯胜利、王洪君等人的著作）。而且，现代汉语音节因为没有了复辅音和辅音尾，与古汉语比较，音节之间时值差别更小了，因而更容易形成整齐对称的组合节拍。

其二，既然诗歌与散文的区别，首先在于追求以语音的节奏表情达意，当然必须关注音节构成节拍的规律性。尽管新诗不必遵守固定格律的节拍排列，但却完全应该利用奇数音节或偶音节数的不同节拍型特性，去表现不同的诗歌情感内容。

比如最简单的例子。我们可以将现代汉语的节拍（外来术语叫音步），根据节奏稳定性分为两大类：一类是由两个字组成的双音节偶数节拍，每个音节各占半拍，因而声音节奏上给人对称稳定的感觉，可称之为对称拍。另一类是由一个音节或三个音节组成的非对称拍，因为在同样的一拍时间内，单音节缺少平衡，而三音节则难以平均分配时长，这类奇数音节拍声音上自然有不对称不稳定的感觉。

注意，由于自由体新诗使用的是白话口语，因此其中的三音节拍，不能像传统五言、七言格律诗中那样，为节奏需要而将 2—3 结构读为 2—2—1 节奏。白话口语的三音节词，是必须在一拍（音步）时间内连读的。因而其不稳定性更突出，也与双音节拍形成更强烈的节奏对比。

在新诗创作中，恰当地选用不同稳定性的节拍，以之组合形成重复或对比的节奏特性，无疑可以构成与诗的思想内容更合拍、更具表达色彩的声音形式。

比如最简单的例子，我们要让诗的结束传达确定的情感或思绪时，显然应该在诗尾使用对称稳定的双音节拍。以戴望舒的两首小诗为例：

因为 / 只有 / 那里

我们 / 不像 / 牲口 / 一样活,

蝼蚁 / 一样死……

那里 / , 永恒的 / 中国!

　　　　　　　　　　——戴望舒《我用残损的手掌》

　　结尾的双音节对称拍"中国"二字,坚硬确定,形成稳定的结束。试将"中国"改为不对称的三音拍"大中国"再听听,就有一种激烈不止的声音效果了。

　　同是戴望舒的诗:

从一个 / 寂寞的 / 地方 / 起来的,

迢遥的 / , 寂寞的 / 鸣咽,

又 / 徐徐 / 回到 / 寂寞的 / 地方,

寂寞地。

　　　　　　　　　　　　——戴望舒《印象》

　　结句在三音节的"寂寞地"上,不稳定的感觉恰当地表现了诗意的余音袅袅。

　　同样,在诗句内或诗行之间,采用不同的对称拍与非对称拍的组合,以及由此形成的节奏对比或重复,都能造成快慢不同、起伏有别的节奏色彩,使之成为诗人表情达意的艺术手法。

二、韵色与寓意

　　语音韵色是传统诗歌重要构诗元素。尤其对于汉语而言,因为元音丰

富，且元音成分在音节中所占比重较大，押韵更成为增加诗歌音乐性，使节奏旋律尤其统一鲜明的艺术方法。

现代汉语普通话，由于没有了入声字的辅音尾，所有汉字读音均为韵母结束，其音色也就更洪亮、鲜明、动听，噪音减少，乐音增加，更加有利于诗韵韵律的构建。

然而遗憾的是，自由体新诗创作中，无韵者似乎越来越多。许多人以无韵为时髦，以有韵为守旧；很多人认为用韵限制了自己的思绪自由；但也确实有不少人，根本不会押韵，因为他们的耳朵缺乏分辨音色的天分，又未经后天的训练。

结果就是自由体新诗越来越散文化，实在辜负了汉语语音特别丰富强大的构诗能力；也亵渎了华夏诗歌的优秀传统。

诗韵除了在传统诗歌中发挥的基本作用让诗统一在主音色彩上，乐音强烈，韵句与非韵句相间形成韵——律节奏，朗朗上口，让读者易吟易记等之外；韵色其实还有一个重要性质，就是不同韵色可以表现不同的情感意蕴。

根据音响心理学，不同的音色会引发听者不同的情感联觉。比如乐器中，小提琴音色细腻、华丽、悠扬；钢琴的音色激越、清朗、庄严；而二胡则幽怨、缠绵等，都可反映不同的感情色彩。语音特别是其中元音成分的音色，虽没有音乐那样丰富，却也具有一定的情感联觉作用。

古人也注意到不同韵色的感情色彩，比如清代词论家周济先生曾在《宋四家词选目录序论》中，对不同韵色的感情特点做过简单描述："东真韵宽平，支先韵细腻，鱼歌韵缠绵，萧尤韵感慨。各具声响，莫草草乱用。"

现代汉语音色更丰富鲜明，比如 a 韵给人热烈亲切的感觉——我们最觉亲切的词汇"妈妈""爸爸"都是 a 韵字，肯定是有道理的；而 i 韵则让人感觉私密、细腻、充满爱意或低语；鼻元音的 an、in、en 或 ang、ing、eng 韵，音色会给人辽远、淡漠、寒冷等感觉，如此等等。

如何恰当地选择不同音响色彩的韵字，使其在构诗中发挥表达不同感情色彩的作用，显然也应成为新诗传承汉语语音构诗元素的重要探索。试举一首网上较好地根据情境需要而换韵的小诗为例：

我的容颜已不再美丽
你的温存已不再浪漫（man）
相伴已有二十年（nian）
1+1 早已等于 3（san）

那些别离和相思早已走远（yuan）
生活渐渐平淡（dan）
我吊着你的胳膊散步
呵呵，这是已婚女人的习惯（guan）

2010 年，你的生日适逢七夕（xi）
牛郎织女于今日喜极而泣（qi）
我想我已没有什么东西可以给你（ni）
俗一点吧，蛋糕也是一种形式的记忆（yi）

裱花师傅技艺娴熟（shu）
那神情如此专注（zhu）
我在橱窗之外惊叹
每一个创意里都包含祝福（fu）

小心地提着蛋糕回家（jia）
七夕的夜将温馨如画（hua）
传说的鹊桥只在天上

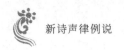

　　而人间，谢谢你陪我一起拥有它（ta）

　　　　　——心之约《2010，你的生日我们的七夕》

　　对这首小诗的语言意象如何，我们姑且不论。但值得研究的是，作者在五个诗段里，换了四个韵。

　　第一、二段用了 an 韵，其淡漠辽远的音色，恰与作者传达的浪漫已远，生活日益平淡的心情相契。

　　第三段换用 i 韵，那种突然又发现了两个人心底之爱的急切与亲密感觉，在 i 这个音色狭隘细密的韵上，表现得充分淋漓。

　　而后面两段，作者逐渐换用了越来越热情响亮的韵色：第四段用 u 韵，第五段用最响亮的 a 韵，把两个人在七夕生日中感受的幸福高唱出来，使情感达于顶点。

　　作者这种换韵的创作，对于她的表情达意，无疑非常成功。

　　其实，汉字韵色的传情作用何止表现在韵脚上，即便在诗句中，选择合适的韵字以恰当表达情感，也是诗人应予探索的构诗艺术手段。我们以一首拟古小诗中的一个词序选择为例：

　　　　西山叶暮使人愁，
　　　　一片胭唇一片秋。
　　　　寒鬓苍苍霜色重，
　　　　半坡红晕为谁羞。

　　　　　　　——《题二英坡峰岭红叶照》

　　其中第一句里"叶暮"也可以写作"暮叶"，语意并无差别，都是说明秋天叶子颜色已沉暮，以深秋寓人生而已。但从听觉上细细比较，"叶暮"和"暮叶"字韵不同，还是有很显著的区别的。

　　我们知道，双音节拍的重音在拍尾。在"叶暮"中，较重较长的音肯定是落在"暮"上,"暮"字韵为 u,属于闭口元音,音色饱满含蓄,给人庄重而内敛深厚的感情色彩。而改作"暮叶","叶"是开口韵 ie,读出的声音比 u 韵更响亮、更开放,色彩鲜明,但内含压抑的深情却减弱了。

正是这样音色上的差别,作者以为"叶暮"与"暮叶"相比较,更可恰当地表现诗作要传达的略带伤感的内敛沉重的心情。

三、声调与表情

在传统格律诗里,声调是重要构律元素,以有规律的平仄对比或重复,形成诗歌声音高低起伏的节奏。自由体新诗抛弃了平仄格律公式,而以口语自然的语序词组写诗,声调虽仍应该成为避免平直呆板的注意之处,但要以之创造有规律的节奏,已属不可能。

但汉语语音中的声调,尤其是现代汉语普通话中区别鲜明、各具特色的四个声调,作为一种最简单的音高相对变化的声音旋律,另有独特的表情作用。可探索其在新诗中运用的规律,使声调这一构诗元素在新诗创作中得到传承。

普通话的四个声调,都是具有时值的,即在一个虽然短暂,但可以由人的听觉明显辨别的音节时间内,由一个音高滑向另一个音高的发音过程。它们类似音乐中音高连续行进的旋律线,虽然简单,却也各自具有不同的旋律感情色彩。

其中第一声是音高不变的平移。因此给人高亢、庄严、寒冷的色彩联觉。在诗中那些关键节拍或结句处,多选用第一声的字,无疑可以传达高亢严冷的情绪。比如北岛《你好,百花山》中的诗句:

> 回音来自遥远的瀑涧
> 那是风中之风,(\ \ ————)

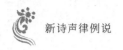

使万物应和，骚动不安。

我喃喃低语，

手中的雪花飘进深渊。（∨—＼∨——＼——）

第二行连用四个第一声高平调，第五行也多用高平调，读起来让人感觉寒意绵绵。如果不信，你可以将"风中之风"改为"风里的风"，把"深渊"改为"谷渊"，诗意并无改变，但原作那种高冷感觉的声音就失去了。

普通话第二声是个上扬的声调，听起来给人轻扬、辽远、恬淡的感觉，适于表现这类情感。比如徐志摩《再别康桥》的第二段：

那河畔的金柳，

是夕阳中的新娘；（＼———＼—／）

波光里的艳影，

在我的心头荡漾。（＼∨＼—／＼＼）

第一个押韵行结束在第二声调字"娘"上，与另外三行尾的"柳""影""漾"第三声、第四声字，形成鲜明对比，诗人那种轻柔恬淡如梦境般的怀想之感，跃然而出。若改成下面样子：

那河畔的金柳，

是夕阳中的美女；

波光里的艳影，

在我的心头密语。

两行虽仍押甜蜜的i韵，但都结束在第三声调字"女""语"上。原作那种轻柔如梦的声调没有了，变成了热烈而含蓄饱满的情绪。这是因为第三声是四个声调中时值最长，且音高转折，口腔高度紧张，而成旋律热情饱满的声音效果。

第四声是一个时值最短，由高向低急促而下的直降旋律线，因而给人听觉上造成沉重、短促、坚定的色彩。这种短促坚定极适合表现诗意的终止。比如戴望舒的《夕阳下》：

> 幽夜偷偷地从天末归来，
> 我独自还恋恋地徘徊；
> 在这寂寞的心间，
> 我是消隐了忧愁，
> 消隐了欢快。（—∨ ＼—＼）

全诗终结在第四声"快"字上，干净利落，没有拖泥带水，恰当地传达了诗人空寂无望的痛切之情。其实完全可以将最后两行"消隐了忧愁"与"消隐了欢快"对调一下，让全诗结束在"忧愁"（—／）二字上，以第二声的轻淡辽远声调终止。虽诗意并未改变，但原作那种决绝的声音效果，就变成了余音袅袅的淡远伤感了。

当然，除了单个音节不同声调可以用来在诗中传情外，不同声调的组合，就更能形成变化的声调感情色彩，以之恰当地表现诗人所要传达的情境意蕴。

以上我们简略地分析了如何在新诗中传承汉语语音构诗元素的可行途径。可以将其概括为：音节造律，韵色寓意，声调表情。即用音节数量奇偶的节拍特性及其对比与重复，创造不同的节奏；以不同字韵的音响色彩去传达诗意；以四声的旋律色彩及其组合，构建诗歌语音表达的艺术手段。

探索语音构诗元素在新诗中创造性的传承应用，可以让新诗走出或不

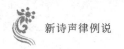

讲声律的散文化，或企图复古创造新格律公式的两种迷途，而像乐理学那样，确定一些基本的声律规律，使之可以在新诗创作中自由地创造性地应用。

我将之称为新诗声律学，或曰新诗形式学。

（2021 年 10 月 15 日）

新格律之路走不通

如果说，主张新诗不必探索如何用声律表情达意，而在形式上完全放任自由的观点，是一种无视传统以及诗和散文体裁区别的，消极的懒惰主张的话，因此不必在意；那么希望新诗向传统诗词曲学习，因而提出种种创制"新格律"的主张，就因其积极努力并事涉新诗如何向传统学习，以及发展方向等重大问题，尤其值得重视与讨论。

在中国，几乎从白话自由体新诗诞生那天开始，对新诗抛弃传统格律后日益散文化，而丧失独有体裁艺术特征的质疑与批评，就一直存在。这当中既有旧文化人保守思想的成分，也和新诗初生一味追求突破，以郭沫若为代表的草创者们热衷肤浅的口号式情感直白有关。

因此很快，新诗创作者内部，也开始有人不满于这种新诗了，当然首先是对全部的表现手法的批评。比如后来被奉为"现代派"代表诗人的戴望舒就说："当时通行着一种自我表现的说法，作诗通行狂叫，通行直说，以坦白奔放为标榜。我们对于这种倾向私心里反叛着。"（见蓝棣之《现代派诗选·前言》，《现代派诗选》，人民文学出版社，1986 年第 1 版）

新文化运动干将刘半农率先倡议，要在抛弃诗之旧韵旧体的同时，重造新韵和新诗体。语言心理学家、诗人陆志韦也提出自由体新诗"节奏千万不可少，押韵不是可怕的罪恶"的主张。林庚则主张新诗要从散文中"再解放"。如此等等。

20 世纪 20 年代初，胡适、徐志摩、闻一多、梁实秋、陈源等人发起成立新月社，首开新格律体白话诗的探索，史称新月派。其基本思路是借

鉴中国传统诗词和西方古典格律体诗歌，追求音节形式的和谐整齐。其中尤以闻一多理论表述最系统。他于 1926 年发表的《诗的格律》一文中，系统地表述建立新格律诗的具体主张，要求诗节的匀称和句的均齐、押韵，每行诗的"音尺"（又称音步，英文 feet 的意译）数要相等，由调和的音节产生整齐的诗句，等等。

后来的几十年里，在新诗形式建设上，亦掀起过数次论争热潮。不少人提出各种"新格律"的主张，如 20 世纪 40 年代关于文艺民族形式的讨论中，提出新诗要向民歌学习；萧三在《论诗歌的民族形式》中认为，"五四"新文学的形式是欧化的、洋式的，不是中国的新形式，而新形式要从历史的和民间的形式脱胎而来。又如 50 年代何其芳等发起的"现代格律诗"运动。以及 60 年代初，臧克家等根据毛泽东的意见，把精练、大体整齐、押韵，作为新格律诗的基本条件。最近则有民间余声——周仲器、周渡父子的《中国新格律诗论》，程文、程雪峰父子的《汉语新诗格律学》，邹绛的《浅谈现代格律诗及其发展》，万龙生的《格律体新诗的历史性复兴》等，不一而足。

但从追求"新格律"的诸多实践来看，无论是闻一多的"豆腐块诗"，还是卞之琳、冯至等对西方十四行诗格律体的模仿，以及贺敬之、郭小川等人对新民歌体、马雅可夫斯基"阶梯体"的学习，林庚搞的上五下四的九言诗试验，直至近年以对称为标榜的新"格律"创作，虽然留下了不少优秀作品；然而就其目标——建设"新格律"来说，却是根本失败了。

之所以说失败，是基于"新格律"的定义。

何谓格律？格者，法式、标准、规格、格式；律者，音律也。可见所谓格律诗，就是有标准音律格式，按照固定音律法式写出的诗歌。因此，格律就是一套被众多写诗人承认并遵守运用的固定的诗词音律公式。

但从闻一多开始追求的"新格律"，却是所谓"一诗一体"的"层出不穷"的格式。这显然与"格律"的定义互相矛盾：既然一诗一体，就不可能是大家共同遵从的一套相同的标准格律公式，实际上还是每首诗自成一体的自由诗——即每人按自己之意的创作。如此，格律何在？

其实从数学上说，一诗一体的自由诗，其偶然的形式，也不可能是"层出不穷"、无穷无尽的。作者曾求教于中国科技大学少年班高材生金宝明先生，在他的帮助下，用穷举法，做过一个粗略计算：

设有一个汉语诗行，最少时 1 个字，最多时 9 个字。均由单字词、二字词、三字词组成，且单字词在一个组合中最多只能出现 2 次。这样的诗行共可能有 140 种排列组合形式。若一首由这样的 4 个诗行组成的诗，则可能有 140^4=384160000 种组合形式。若一首 20 行的诗，则可能有 140^{20} 种组合形式。虽然已是天文数字，但考虑到词汇和语法的限制，仍是有极限的。

从"新格律"诗的实践来看，更是不尽如人意。卞之琳、冯至、贺敬之、郭小川仿制西方与苏俄的"十四行体""阶梯体"，因全为字面形式的抄用，与原体音律无干，可以忽视。即使闻一多、林庚及众多新格律诗作者的创造性作品，也多为仅仅以"整齐"为诉求的结果，有些甚至只是字面整齐，连节奏整齐的格律实质也未实现。如闻一多先生的名作《死水》：

> 这是 / 一沟 / 绝望的 / 死水，（2—2—3—2）
> 清风 / 吹不起 / 半点 / 漪沦。（2—3—2—2）
> 不如 / 多扔些 / 破铜 / 烂铁，（2—3—2—2）
> 爽性 / 泼你的 / 剩菜 / 残羹。（2—3—2—2）

虽然字面很整齐，但因第一行双音节拍和三音节拍（当时以外来词"音尺""音步"称之），排列顺序并不一致，听起来在声音节奏上也就不够整齐。其实后来许多人都认识到这个浅显的道理，对于汉语诗而言，书面每行字数相等，只是节奏整齐的必要条件，而非充分条件。只有在字数相等的行之间，拍数也相同且拍型排列顺序也相同，才会产生节奏整齐。

再如林庚的所谓九言诗《念一本书》：

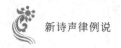

今天／这日子／念／一本书（2—3—1—3）

要看看／祖国／血的／地图（3—2—2—2）

青年的／生命／白的／枯骨（3—2—2—2）

把一个／国土／锻炼／成熟（3—2—2—2）

这／半世纪呵／才／一本书（1—4—1—3）

　　问题与上述相同。近年的新格律诗人，如比较知名的黄淮，虽然已避免了节奏流于字面字数，写出了真正整齐的节奏，如他的九言诗《浪花上帆影隐入云霞》：

浪花上／帆影／隐入／云霞（3—2—2—2）

波涛间／山色／染进／水光（3—2—2—2）

你是我／心中／太阳／灼热（3—2—2—2）

我是你／心中／月亮／辉煌（3—2—2—2）

　　不管诗意语象水平如何，至少实现了新格律主张关于节奏整齐的目的。但也仅满足于节奏整饬一点而已，离古人创制的格律水平尚差很远。

　　也有不少企图创造新格律的作者，从传统词曲中获取灵感，写了一些类似古人"自度曲"的长短句新诗作品，其要旨是句式的对称和变化。比如《霜叶》：

醮／满腔／热血，

涂／一山／秋色，

牵飞霞，

熔残照，

雁鸣／声断，

滴漏 / 三两点，

相思。

　　然而无论如何，这些"新格律"的理论与实践，不仅算不上什么创新，甚至明显地连传统诗词曲的"老格律"公式所具有的艺术水准，都没有达到。

　　中国古典诗词曲的格律公式——律格、词牌、曲牌，虽然在形式上僵化，但其构建，却是充分利用了汉语构诗的全部元素，包括音数节奏、音节韵色、平仄声调。而我们的所谓新格律诗呢？除了关注字数与节奏，有韵者外加押韵外，汉字特有的语音构诗属性——声调，竟完全无视，以为打破了平仄格，声调就毫无构诗作用了。

　　可见，在充分发挥汉语语音构诗元素的艺术表现作用上，所谓"新格律"诗，无疑是比传统的老格律诗退步了！

　　总之，新格律之路是走不通的。其根本原因有三。

　　其一，是内在矛盾——在反对旧格律公式，主张"一诗一体"的自由创作的同时，却扯起了"新格律"的旗帜。所谓"格律"，当然是大家公认的，共同遵守的格式，实与"一诗一体"之追求相矛盾，岂能成功？

　　其二，是在实践中，虽抛弃了古人的旧格律公式，却没有深究古人创造旧格律公式的那些汉语语音构诗元素——音节、韵色、声调的艺术表现力（他们潜意识里将构诗元素当作了格律公式本身），并去探索如何在现代白话自由诗中传承利用它们去表情达意。甚至把其中的声调乃至韵色，随旧格律一并抛掉了。丧失了语音构诗元素的作品，就不再是诗歌了。它再有诗意，也只能是有诗意的散文。如此无视语音构诗元素的"新格律"，岂能不失败？

　　其三，最根本的是，创造"新格律"的历史环境已不复存在。中国古典诗歌格律公式之所以蔚为大观，成为千年里文人诗词创作共同遵守的体式格律公式，除了其艺术魅力的表面因素外，离不开两个必要条件。一个

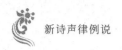

是科举制度：无论唐代格律的创制，还是历代文人对之学习传承，都是为科举考试服务的。考场作诗守律严格，是学子的基本功和考官取舍的重要标准。这也是历代朝廷重视修订韵书的原因所在。没有如此强大的功名利禄诱惑，再精密美妙的诗词格律公式，也会被追求自由的人性所突破。另一个是文化思想的垄断钳制。一方面从制度上严控思想文化创新探索，另一方面采取愚民政策，包括诗词格律这样的知识传承，都局限在少数社会精英阶层。总之，全社会的，尤其是来自底层的文化思想的创新与自由表达，受到极大抑制，保守与遵从旧规范成为社会主流。

而当旧帝国社会解体，科举废除，文化思想开始解放之后，人人追求自由表达的白话体新诗取代格律体旧诗，就是必然的潮流。在这样的新时代环境里，不会有人甘愿去遵从别人制定的千篇一律的格律公式。再企图创制一套像旧格律那样被所有人接受、遵守的"新格律"，岂能成功？

当然，虽然"闻一多们"扯了"新格律"的旗帜，但这只是用词不当而已。实际上他们也明白，不可能再创造一套固定的格律公式——当然许多人心有不甘，潜意识里仍希望能有"大体一致"的形式。

闻先生自己已说得很明白："律诗永远只有一个格式，但是新诗的格式是层出不穷的"；"律诗的格律与内容不发生关系，新诗的格式是根据内容的精神制造成的"；"律诗的格式是别人替我们定的，新诗的格式可以由我们的意匠来随时构造"。

因此，他主张"一诗一体""相体裁衣"。这才说到了问题的关键，也是我们举双手赞成的。既然如此，研究新诗形式的目的，显然就不是探索所有新诗采用什么样的"格律"（哪怕这格律"层出不穷"）为好，而是必须去研究如何使用古人用来构律的那些语音构诗元素，在新诗中作为表情达意的艺术手段。

这一研究，目的当然不是再构造一套"新格律"，而是总结汉语语音构诗元素表情达意的基本规律，形成类似音乐乐理学那样的新诗声律学。

（2021 年 10 月 22 日）

天然・定式・规律

——从音乐的发展看新诗出路

对于新诗形式的发展方向应该是完全放任自由，还是追求某些格律定式？我的主张是，二者都是偏颇的。

完全放任自由，想怎么写就怎么写，很适合肤浅懒惰的创作者。而现实的结果已很清楚，如此创作的大量新诗，即便内容再好，充其量也不过是分行散文罢了。假如新诗只满足于私人写作把玩，并不期望受众欣赏，爱怎么写就怎么写，彻底放弃形式声律等诗性追求，那是个人自由，谁也不必置喙。

但若论到对华夏诗国传统的承继，论到对诗歌这个与散文有根本区别的文学体裁的未来，论到对语音构诗元素丰富独特的汉语言的珍爱与发扬，任何从个人偏好或亵玩心态出发的放任论，都是无益的。

那么主张创造新格律，甚至恢复旧格律的主张呢？显然也根本不可能。一者，旧格律被古人共认，是以科举考试的功名制度，以及思想钳制一统的帝制文化环境为前提的。如今这些已不存在了，谁想制定一套类似《新定大唐诗体》（此书据日本《文镜秘府论》和《日本国见在书目》记载，是由与武后时律诗创制者沈佺期、宋之问等人同为"珠英学士群"的崔融所编，因此又称《崔氏新定诗体》或《崔氏唐朝新定诗格》），要广大新诗创作者像当年科举学子们一样共同遵守，不啻为幻想。二者，古人将汉语语音构诗元素——言（音节）、韵、声调组合成固定的格律公式，不论什么内容都往里套，确实不利于思想感情的自由表达，也不符合声律

形式应是表现内容的手段的艺术原则。因此，既然我们的新诗已经打破了旧格律公式的束缚，有什么道理要倒退，重走创制新格律公式的老路呢？

新诗如何走出上述放任自由和回归格律的两难困境？其实也很简单，那就是必须认识到，创造汉语诗歌灿烂大观的，并不是格律公式本身，而是古人用以构造这些格律公式的元件——汉语固有的独特的语音构诗元素。

因此，合理的结论当然是，新诗为了思想与内容的自由解放而抛弃传统僵化的格律公式，却没必要，更不应该抛弃汉语语音构诗元素的传承和在新诗中的创造性应用。

如果把汉语语音构诗元素与由它构造的格律公式一并抛弃，新诗就失去了诗之语言艺术体裁的特质规定，流于散文化并走向失败是不可避免的。这已是事实的证明。

或问，传承汉语构诗元素在新诗中的探索与应用，和新诗的自由体式创作是否矛盾呢？答案是否定的。对此，我们可以音乐为例说明之：每一首歌曲都是根据不同歌词内容自由创作的，而不是按照某种公式写出的作品；但这种自由创作，却不妨碍对构造音乐的那些基本元素——音程、调式、和声、节奏、旋律、对位法等的研究和总结，成为公认的现代音乐理论基本规律。

正是这些音乐基本规律的总结，反映了人类音乐实践中积累的如何组织乐音，使之成功传达人类情感的方式与手段，因而可以指导后来音乐人的创造。

可见，诗歌语音表达情感的规律，即构诗元素的应用，是和乐理一样的东西而非格律公式。对这些规律的研究与掌握、运用，并不要求所有诗人依照某种固定的格律公式去创作，而是以语音音响心理的规律，指导诗人选择最恰当的语音构诗元素组合，以求更好地传达诗歌内容情感。这无疑是运用艺术规律，同时也是发挥个人天赋的真正自由的创造。

我之所以总喜欢以音乐为例，说明诗歌的内容与形式之间的关系，不仅因为诗与音乐本为一体；更因为音乐及其近现代发展，展示了所有艺术从天然走向格式，最后走向掌握规律范式自由运用的完美历程。

我们知道，人类一切艺术萌芽都是来自偶然的、无意识的、纯天然的情感宣泄与对自然的模仿。因此，远古原始艺术表达，一方面总是以人类自身器官功能为中心——音乐与诗歌是听觉和发音器官的产物，舞蹈与绘画则是视觉与肢体的产物；另一方面又表现为时空上的个性、多元、非线性、无规律及偶然性的存在和演化。

就以音乐为例，1987 年在河南舞阳贾湖新石器时期裴李岗文化遗址的考古，先后出土了 25 支形制五孔、六孔、七孔、八孔，以丹顶鹤尺骨制成的骨笛，试吹发现已含有八度、六度、五度、四度、大小三度、大小二度等多种音程关系。据测定距今约九千年。而比这晚一千余年的浙江余姚河姆渡第四文化层出土的一个陶埙，却仅有吹孔而无按音孔，似说明河姆渡氏族的音律观念尚不及之前的裴李岗人。说明了远古时代音乐萌芽的无规律性。

不仅中国，西方音乐史也如此。正如米罗·沃尔德所说："各个民族的音乐主要以即兴发挥的形式存在（《西方音乐史十讲》，[美] 米罗·沃尔德著，刘丹霓译，后浪出版咨询北京有限责任公司出版）。"这当然与当时文化发展的地域阻隔不平衡和缺乏交流有关。

所有这些都说明，人类原始时代的音乐创作完全出于天然个性，并无艺术自觉可言，也谈不上共同的规律存在。

此时与音乐紧密伴行的诗歌，也是随意而不定型的。正如中国古籍《易》中保留的上古歌谣那样，字（音节）数与句数，都是随心所欲、无拘无束的。

人类历史进入城邦国家之后，音乐摆脱了个人即兴发挥的天然创造阶段，开始被赋予宗教仪式、战争鼓舞、政治教化等多种社会功能。因此，音乐也开始类型格式化。这一历史长达数千年，直至近现代音乐成为脱离宗教政治等实用功能的艺术为止。

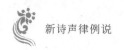

在华夏，音乐的类型格式化历史，从其名称上就可看出。如先秦时代的《击壤歌》，伊耆氏腊祭所用的《腊辞》，神农氏的《扶犁》，黄帝族图腾崇拜的《承云》，以及西周后各诸侯国为配诗所作各以诗名的《雅乐》；到汉以后的由专职音乐机构乐府制作的《房中祠乐》《安世乐》等；以及俗乐的相和曲、吟叹曲、四弦曲、平调曲、清调曲、瑟调曲、楚调曲等八类，加但曲共九类。虽然因为记谱产生甚晚，因此我们很难知道其曲式详情，但从种种史料线索看，这些音乐只能是类型或格式化的。

比如据北宋郭茂倩《乐府诗集》等文献录载，乐府中属"相和曲"的诗就有《气出唱》《精列》《江南》《度关山》《东光》《十五》《薤露》《蒿里》《觐歌》《对酒》《鸡鸣》《乌龙》《平陵东》《东门》《陌上桑》《武陵》《鹍鸡》十七首。属"四弦曲"的有《蜀国四弦》《张女四弦》《李延年四弦》《平卯四弦》四首。以常理度之，那时如此多的诗名"被曲"，肯定不可能像今日为歌词作曲一般，一首诗就谱一个曲子。只能是同类歌词（诗）共用一个曲子。

如《乐府诗集》就记载："晋武帝受禅，命傅玄制二十二曲，宋、齐并用汉曲。"可见词多曲少。梁高祖在保留旧曲的基础上"更制新歌"。也可见并非一词一曲，而是同类歌词填入一个曲内。更典型证据是，敦煌石室卷子中所存曲子词（歌词）有五百九十余首，但相应的曲谱只有二十多首（见任二北《敦煌曲初探》）。

这种类型化的音乐模式和诗词的格律化不无关系。甚至在宋元之后乃至明清，音乐仍是按类型格式创制，并主要依据诗词语言的节奏腔调，并未形成个性化的音乐艺术创作及其理论体系。比如已相当世俗化的戏曲，直到近代，其音乐仍以"板""黄"定式腔调为主，程式化的要求非常严格，很少鼓励个性化创作。

西方的情况同样如此。除了地方民间随性发挥又自生自灭的音乐外，直至文艺复兴之前，现存史料可见的中世纪音乐，主要都是为宗教服务的类型化作品。比如早期宗教音乐通常被冠以如下几种称谓：素歌（plainchant, plainsong）、格里高利圣咏（Gregorian chant）和单声歌曲（monody）等几个类型。都有各自固定的格式，只是将不同的"圣咏"填入其中。

音乐长期程式化、类型化、格式化发展的原因，一是音乐制作被国家或宗教权力所垄断，被赋予了道德教化等各种非艺术的约束，很少鼓励个性化的自由创作；同时，这种垄断也阻碍了音乐知识的普及和理论总结。普通民众很难接受音乐教育，并发展自己的音乐天赋。即使专业乐师，其对音乐的认识和技能，也主要依靠师徒口耳相传。因此除个别天赋极高的音乐天才，如春秋时的师旷、西汉的李延年、三国时的嵇康等人外，富有个性的音乐艺术创造可谓凤毛麟角。于是大多数乐师和艺人，多为对前代师传的固定格式进行模仿。二是从技术角度看，无论中外，记谱方式的缺失，也是导致音乐长期口耳相传而类型化的重要技术原因。

现有史料证明，中国是从唐代才有了最简陋的文字曲谱。但直到近代引入西方五线谱和简谱时，中国的各种记谱法，仍不能精确反映和记录音乐的所有细节。

记谱技术的不完善，不仅使音乐创作和普及发生困难，也引起传授继承的困难，常常导致音乐发展的断代。比如《晋书·乐志》中就说："永嘉之乱，海内分崩，伶官乐器，皆没于刘、石。……旧京荒废，今既散亡，音韵曲折，又无识者，则于今难以意言。"可见战乱使主要依赖师徒口耳相传的音乐出现失传。

当然，西方音乐的程式化同样也受制于记谱法的缺失。直至文艺复兴以后，贵族的兴起及其对音乐的强烈需求，才使音乐逐渐摆脱了宗教桎梏，走上了个性化创作的艺术道路。在诞生无数音乐大师的同时，促生了音乐理论的总结发展，促生了音乐教育普及，当然也推动解决了记谱的技术问题。

由此，音乐最终摆脱了长期的类型和格式化发展模式，进入了以音乐理论为范式指导的个性自由创造艺术阶段，即在遵循音乐基本规律、音响

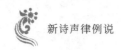

心理学及各种传统与风格技术手段等组成的，音乐家与受众共同接受的范式下，进行充分自由与个性化的艺术创造。

于是，音乐走向既是自由的——因为留给了音乐家无限的想象与创新空间；又是艺术的——因为任何艺术都有范式框架决定的一些基本规律——这样的艺术巅峰。

然而遗憾的是，一直与音乐相伴而行并长期制约音乐的诗歌，却似乎迷失了方向。

诗歌的发展和音乐一样，最初完全是人性天然的产物，既无定式也无规律。从华夏上古歌谣，到《诗经》《楚辞》，直至汉乐府，无不充斥着来自民间的天然色彩。当然，其中以具有以人性追求对称（后被南北朝文学理论家刘勰总结赋称"俪辞"）的简单的四音节（言）为主要形式。其庄重古板节律又极适于宗庙郊祭的氛围情调，因而成为统治集团加持的所谓"雅歌"。这种对称节奏的四言体在近千年中，一直与起自民间天然活泼情调的杂言诗，尤其是具有非对称三言成分的五言诗体共存。不过直到南北朝时代，刘勰的《文心雕龙》和钟嵘的《诗品》，仍以四言为正体，以五言为"流调"。

但也正是由刘、钟同时代起，个别的音律天才如周顒、沈约等人，受佛教梵音学启发，开始总结和探索汉语语音的声调节律及其在诗文中的运用。这些探索历二百余年，至隋唐时，终于在官方科举制度的强力推动下，由沈佺期、宋之问、崔融等人制定了格律诗体公式并颁行。

由此，中国诗歌正式进入定式阶段。可以想象，在教育落后，思想封闭阻碍创新，且音律学问并不普及的帝制王朝时期，大多数学子学习诗歌写作，根本目的是追求科举功名。他们既无动力也无天分去深究和探索诗歌中的语音声律奥秘。因此，模板公式化的诗体格律，是最受欢迎的。于是这种格律定式终成大观并延续千年。

后来虽有来自民间和少数文人的词曲创新，但最后仍是走上了定式化道路，不过增加了一堆格律公式而已。

这些格律公式均由汉语语音构诗元素组成，构造虽然精美，却束缚思想表达和艺术创造。聪明者或许还能根据诗思情感，选择声律相对符合的格律，碌碌者只好不论恰当与否一概填入。可见，这种定式体的诗歌格律公式被抛弃，正是时代变迁的必然。

但遗憾的是，今日自由体新诗在努力抛弃格律公式后，竟然连诗之体裁得以存在的语音构诗元素及其运用，都抛弃了。以为这就是自由了，结果当然是新诗流于分行散文，哪里还有诗的艺术可言？

试想，如果音乐在抛弃古代种种音乐格式与类型的同时，把音程、和弦、旋律、调性、对位等构成音乐的基本元素及其运用规律，也一并抛弃，音乐岂非成了想怎么哼就怎么唱的无调散曲，还能是艺术吗？

我对音乐理论或音乐史并无专门研究。以上引述史料均来自余甲方先生的《简明中国古代乐音史》（复旦大学出版社，2017 年 3 月版）和上述《西方音乐史十讲》。若有讹误或错解，尚请方家教正。但我以为，从音乐摆脱古代程式化发展走向自由艺术的道路，就完全能想明白新诗的出路何在。

请允许我再说一遍：音乐的事实是，每首乐曲都有根据不同内容而创制不同的曲调；但这种不同，并不妨碍乐理学那些基本规律的成立；而音乐家们总结、研究、学习掌握并运用这些乐理基本规律，并不妨碍他们音乐艺术的自由与个性创造。

新诗同样如此。在抛弃了古代格律公式之后，应继续传承那些汉语语音中特有的，使诗成为区别于散文体裁的构诗元素，并努力探索在新诗中如何使用这些构诗元素，去创造表情达意的声音艺术的规律。

这些规律的总结，我们或可称之为新诗声律学。

（2021 年 10 月 29 日）

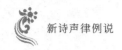

修辞本是选择

十二年前，本书的姊妹篇《新诗声律初探》出版后，受到《诗探索》主编、首师大文学院院长、中国当代文学研究会副会长兼秘书长吴思敬教授的关注。他专门委托陈亮先生写了一篇书评《新诗的自由和声律——读郭戍华〈新诗声律初探〉》，发表在《中国诗歌研究动态》2009 年第 2 期上。

这篇书评虽然基本肯定了《新诗声律初探》的内容，认为"大部分论证是有力的，结论是令人信服的"，但也提出了两个关键性的质疑。一是对"一定的汉语声音蕴含一定的情感倾向"表示怀疑。二是对我提出的以乐理学方法讨论诗歌的声音与内容之关系，表示婉转地反对，认为"诗与歌一直走着分离的道路……实际上，'音乐性'是否就是诗性的题中之义，已经遭到了诘问"。

我和吴陈两位先生均不熟，更不了解他们之间的关系。但吴思敬委托陈亮先生写的这篇书评，却给人一种分裂的感觉。显然，前面"论证有力"和"结论令人信服"的文字，后面又被上述两个质疑否定了——而质疑的对象：汉字字音具有感情色彩及新诗声律学可借鉴乐理学，又正是《新诗声律初探》的立论基础。于是，前面"令人信服"之说仿佛是一个人；而后面的质疑，则纯然另一人。

关于诗歌与音乐的关系，是一个巨大的题目，难以一篇短文论说。但从诗作为语言艺术的规定性上看，否定语音音乐色彩的作用，如果不是肤浅懒惰，就是掌握艺术材料的水准不够——如同作曲家不会运用调性旋律，画家不会使用线条、色彩一样。

而从实践上看，如果我们不将当代新诗视野局限在报刊网页中发表的分行散文式作品上，而把今日所有以白话写作的歌曲之歌词也算入新诗，其中那么多脍炙人口的音律作品——比如叶佳修的《外婆的澎湖湾》《走在乡间小路上》，文岐的《心中的太阳》，李海鹰的《弯弯的月亮》，黄霑的《沧海一声笑》《男儿当自强》，刘欢的《情怨》，罗大佑的《东方之珠》，陈小奇的《涛声依旧》，方文山的《菊花台》，等等不可胜数。那么，恐怕你就不会轻易认为诗会与音乐分道扬镳了。

但我此处更想说的是汉语语音音响色彩共性的问题。

不可否认，西方后现代艺术思潮的一个本质特征，就是质疑传统艺术理论的基础——"主体间性"，即使用符号的双方——所谓"指码者"和"解码者"之间的"彼此可进入性"，以及"心灵的共同性和共享性"可以在共同的文化背景或者不同的文化背景下得到证实。

因此，后现代主义认为对作者即"指码者"给定的一个文本、表征和符号，受众即"解码者"有无限多层面解释的可能性。于是，艺术作品只能关乎作者的心灵倾诉，而不必也不可能企求这倾诉给所有受众带来共鸣。既然难以存在共性，创作者当然不须再考虑以何种艺术手段表现希求受众接受的"指码"，甚至可以极端"懒惰"到让自己站在一间空房间里，就作为一件艺术作品向受众展出。至于观众有什么感受，那是他们自己以独特个性再创作的结果，与作者无关。

当然，陈亮先生对我的质疑还没有如此彻底的后现代主义。他还承认语义的情感共性的，只是怀疑语音同样具有情感共性。

比如我举例"西风"一词因其由两个第一声的高平调音节构成，因此声音的情感色彩比第二声与第一声组合的"长风"，以及由第三声和第一声组合的"北风"更具高亢悲凉色彩。而陈先生却认为，"'西风'悲凉的情感色彩，正是在文学史上的反复使用后，积淀下来的而成为的一种隐喻模式，一种被广泛认可的意境符码。这同宋玉之后'秋天'皆悲的道理

是一样的，很难说'西风'体现的悲壮就是因为其声音组合"。

长期的文化隐喻赋予文字词汇情感色彩，这是大量的事实，但它只是语言能指与所指关系的语义概念层面。而不可否认的是，语音作为能指的基础，除了引发概念（语义）所指外，作为有变化的声音信号，同样会因人们生活的共性而引发共同性的心理联觉。如果不承认这一点，音乐就失去了存在的基础。

现代语言学关于语音与语义的象似性问题，已有很多研究。一般共识是，从现有语言演变痕迹看，人类最初的原始语言，语音与语义有紧密的相关性。比如，现存所有象声词和拟音词，都表现了语音对语义的直接反映，即音义联觉。又如，语音学家观察到，在很多表音文字的语言中，元音 /i/ 总是表达出体积或尺寸"微小"的语义倾向，例如：little、wee（少量、一点儿），teny（极小的、微小的）；而元音 /a/ 则往往倾向于表达较"大"的体积或尺寸，例如：large、vast（巨大的）。研究还发现含有元音 /i/ 的单词有表达"近"距离的倾向，而含有元音 /a/ 的单词则有表达"远"距离的倾向，如英语中"this"和"that"的相对。这显然与语音发音的狭隘或宏大所引发的情感联觉有关。

至于语音的象征性，最著名的例子是对凯撒捷报"Vemi, Vidi, Vic"的分析。这句话出自恺撒大帝征服潘特斯王国后写给元老院的信，只有三个词："我来，我看见，我征服"。语言学家们认为，如此简单的三个词能成为文学性经典，是与其象似性和象征效果相关的。第一，三个连续出现的动词象似性地表现了恺撒行动过程的顺序性，句子中词序指代了现实中事件先后的发生顺序，这是结构或图式象似性的生动例证。第二，从语法上看，这个句子省略了连接词而直接把三个动词并置在一起，表达了恺撒军事行动及其胜利的迅速；且三个动词都是第一人称单数形式，除了成就了词尾的语音韵律效果之外，还表达了主体（即恺撒）散发出来的气魄和神韵，一种凯旋后的自豪和霸气。第三，更有语言学家从语音角度指出，"veni, vidi, vi"三个动词的音响呈现递增（在 veni 中含有一个元音 /i,

而在 vidi 和 vi 中含有两个元音 /i/）；而三个辅音 /n,d,/k 的响亮度也是递增的，这被认为是象似性地表达了恺撒军事行动发展力度的递增，简洁完美地表现出了恺撒军事征服迅猛和征服战争向胜利的高潮推进的动态趋势。而这句话中的三个动词都由两个音节构成，这两个音节由一个辅音加一个长元音构成，而且还押头韵"/v/"，此外，这句话在节奏上有三个"扬扬格"（spondee），这都使得这句话中的每一个词富有力量感和紧凑感。三个词在形态上的象似性和音节的重复性，让人同样发生音响联觉的迅猛而又强大效果（以上见侯斌、冯小花、杨智慧著《形式对意义的模仿——语言文学中的象似性现象》，中国社会科学出版社，2015 年版）。

关于汉语象似性的探讨，主要还侧重在字形方面。但也有一些专对某类词汇语音的象似性研究文章。如中国语言研究所刘丹青、浙江大学陈玉洁撰写的《汉语指示词语音象似性的跨方言考察》（见《当代语言学》第 10 卷 2008 年第 4 期）。又如复旦大学延俊荣的《汉语语音与语言意义象似性例举》（见《解放军外国语学院学报》2000 年第 5 期）。赵杨飏的《象似性与汉语语音修辞》（见《河南财政税务高等专科学校学报》2011 年第 4 期），等等。

随着人类语言向复杂的高级阶段发展，语音与语义所反映的、所指的象似性越来越少。因此，要直接将汉语字词的读音，包括辅音元音和声调所具有的情感色彩，与该字词的语义发生联觉，当然在大多数情况下是难以成立的。

正如陈亮先生对我的质疑所举词例："欢乐"一词的语义显然应该是欢快的。但按我对现代汉语四个声调及其组合的色彩听觉判断，"欢乐"（一丶）的声调是高亢、广阔、寒冷的第一声，与坚硬短促确定的第四声组合，其语音色彩明显和"欢乐"语义不相符。

这确是大量存在的事实。但同样不可否认的事实是，语音情感色彩是客观存在。正是这种矛盾的存在，才需要艺术的选择。试想，如果每个字词的语音色彩都与其语义严丝合缝、完全相符，岂不等于用一一对应的、确

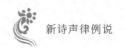

定性的色块拼图，只会拼出一种固定的结果，还有何艺术性创造可言呢？

任何艺术创造，都是人为选择组织的产物。颜料除了光色物理性质外，并不是某种颜色必然确定对应某种情感——尽管有简单的冷暖薄重倾向，而是画家创造性地对颜色进行选择与组合，才构成画作情感的艺术表达。

音乐同样如此。大小调、各种音程与合弦等音乐语言，虽具有不同音响色彩，但并不能严密地一一对应某种确定的情感，而是作曲家创造性地选择和组织，才使它们成为表达情感的丰富多彩的艺术作品。

任何艺术，都是由其材料或表现手段的不确定性，才给艺术家留下了创造性选择组织的巨大空间与无限丰富的可能。可见，艺术就是创造性的选择。

诗是语言的艺术，同时尤其是语音的艺术。其修辞——包括语义修辞和语音修辞，同样是创造性的艺术选择过程。汉语丰富的同义词与近义词，以及诗歌艺术特有的非精确、非逻辑表达方式，事实上为诗人留下了巨大丰富的选择可能，以发挥诗人创造性的天赋。

下面我们举个诗例，看看语音及其感情色彩的多种选择的可能性。

戴望舒的《烦忧》，一直被视为新诗中追求音律的成功之作：

说是 / 寂寞的 / 秋的 / 清愁，
说是 / 辽远的 / 海的 / 相思。
假如 / 有人问 / 我的 / 烦忧，
我不敢 / 说出 / 你的 / 名字。

我不敢 / 说出 / 你的 / 名字，
假如 / 有人问 / 我的 / 烦忧：
说是 / 辽远的 / 海的 / 相思，
说是 / 寂寞的 / 秋的 / 清愁。

　　两段以双行位置互换却语意节奏完全重复，形成对称复沓的声音效果，给人印象深刻。

　　但其中两行里连续的"的"字结构，却值得讨论。

　　虽然新诗用口语，难免"的"字结构，但过多则违背了诗歌语言精练的基本原则。何况在同一句中连续使用两个？

　　从声调上看，"寂寞的 / 秋的"（＼＼＼—＼）两拍以短促坚硬的第四声为主，并都结束在第四声"的"字上。

　　第二行"辽远的 / 海的"（／／＼Ｖ＼）两拍，虽增加了两个第二声"辽远"的轻柔与一个第三声"海"的含蓄，但仍连续结拍在第四声"的"字上。

　　试反复吟诵这两行，就会感觉声音节奏非常急切，尤其是三声拍"寂寞的"属于非对称拍型，本就不稳定，有向下加速进行的倾向，加上三个第四声调字连用，声音效果就如敲鼓一般急促了。

　　这种多个"的"字复用，节奏声调急促的语音选择，让诗行具有烦恼不安的声音节奏，应该说还是恰当地表现了诗题"烦忧"的意像情绪的。

　　但这并非独一的选择。假如诗人要向我们传达另一种心绪，比如诗题改为《清愁》，即表现更淡远空廓的心情。此时一二行连用两个"的"字结构，且以第四声调结拍的选择，就不太恰当了。我们试着小小修改一下：

　　　　说是 / 寂寞的 / 秋天 / 清愁，

　　　　说是 / 辽远的 / 海天 / 相思。

　　将两行中后一个"的"字换成第一声调的"天"字，声音效果立刻与原作不一样了。一是"天"字的声调比"的"字长，可以让我们放慢语音节奏，减少急促感；二是"天"字属于第一声高平调，增加了语音上辽阔

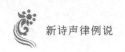

清远的色彩，更适合表现"清愁"意境。另外就是两行的"天"字仍保持了原来"的"字的音节对称重复，不会破坏原有音律。

这个小小的修辞选择试验，并不是要告诉我们哪种语音组合好，哪种不好。而是让我们明白，不同语音组合具有不同的感情色彩。只有选择最能传达作者所要传达的情绪意境的语音组合，才是成功的艺术创作。

再随手举个小例。臧克家的《失眠》有句曰：

一只 / 一只 / 生命的 / 小船，
全部 / 停泊在 / 睡眠的 / 港湾。

两行结句为双音拍"小船"（∨／）和"港湾"（∨—），虽然都有一个第三声调字，让声音多少有些柔和热烈，但"小船"淡稚轻轻，因为有轻远的第二声的"船"字结束。而"港湾"中第一声的"湾"字，就庄严宏大却又色彩冷淡了。

在汉语中，"小"字是典型的音义象似性的范例。人类对于小的东西具有天然的亲切感。比如民歌《人说山西好风光》中的唱词：

你看那汾河的水呀，
哗啦啦地流过我的小村旁。

本是站在山上放眼瞭望，汾河也是很壮观的，景虽美丽却并不亲切。而一个"小村"的"小"字，就立刻透出了歌唱者满心甜蜜的亲昵感情。

这不光得益于"小"的语义，也同时和"小"字的 ao 韵音色含蓄饱满热情有关，更与"小"字的第三声曲折饱满有关。

我们试将臧诗中的"小船"改为"航船"（／／），或者"帆船"（—／），诗意并不会发生质的变化，但语音上都变得色彩冷淡了。

总之，既然语音是重要的构诗元素，其音响色彩可以表现诗歌内容情感，我们就应该至少在诗的那些节奏重点处，精心选择能够恰当表现内容情感的语音字词，而不是随意而为。

　　这才是修辞，这才是艺术，这才是自由的创造。

（2021 年 10 月 24 日）

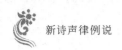

对比与重复：语音构诗元素运用的基本方法

无论古今中外，诗歌都是一种刻意利用语音中的某些元素以表情达意的语言艺术。我们将这些语音元素称之为构诗元素。因为它们不仅是诗歌用以表情达意的手段，而且是使得诗歌这一文学体裁，区别于其他体裁而得以成立的本质特征。

这些构诗元素又是如何在诗中组织运用的呢？其实归纳起来主要就是两种手法：一种是对比，一种是重复。

对比与重复绝非只是诗歌语音组织的基本方法，而是几乎所有艺术——包括音乐、美术、造形、表演等的共同表现形式。甚至可以说，对比与重复是人们认识和反映主客观世界的基本方式。

比如，没有黑与白的对比我们就无法看书；没有色彩之间的对比，我们就看不见绚丽的世界；而没有声音高低快慢的对比，我们就无法欣赏音乐。总之，对比是我们认识一切的客观属性与主观需求。没有了对比，男女不分，千人一面，四季相同，万物混淆，那必是寂灭的世界。

而重复则是客观规律的表现。比如白天、黑夜的循环交替，春、夏、秋、冬年复一年的四季周而复始，都反映了自然与生命的节奏。对这一节奏的模仿，也成为人类所有艺术的基本手段。

一切艺术都要使用对比的表现手法。诗歌在用语音构诗元素建造声律时，对比是最基本的手段之一。但既然是对比，就必须至少是甲、乙两个对象，也就同时表现为重复。这就说明对比与重复互为表里。

这也正是音必成双的道理所在。没有音的重复，当然也就没有音的对比。对比是重复中的异质表现，重复则是对比中的同质表现。对比或重复的力度也有差异。比如重复，既可以是完全重复，也可以是部分重复或变形重复。当两个重复中的同质元素减少到一定程度时，重复就变成了对比。但无论对比还是重复，都是在成双的基础上实现的。这就是所谓"二分原则"。

因此，当代汉语韵律学家冯胜利先生将汉语诗歌的节奏规律总结为："单音不成步（指音步），单步不成行，单行不成诗（《汉语韵律诗体学论稿》冯胜利著，商务印书馆 2015 年 1 月第 1 版，第 64 页）。"

其实何止汉语诗歌，一切语言的诗歌都如此。这从西方诗歌节奏术语"音步"（foot）的取喻即可体会：完成走路的一步，必是，或者说至少是左右脚各迈一下的两个动作。所以英法诗中的一个节奏单位即一个音步中，至少要有两个音节，且一轻一重或一长一短，形成对比。

我们汉诗不称音步，但因中国古代向来诗乐一体，所以很早就有了节奏概念和名称。汉代成书的《乐记》中，已有"文采节奏，声之饰也"的说法，宋代《朱子语类》中在解释《论语·子问公叔文子章》时就用了"盖其言合节拍"的"节拍"概念。可见"节""节拍""拍""拍子"等以手一下一上的往返动作，一直是中国诗乐的节奏名称。其意与西方"音步"相同，不过一手一脚差别罢了。

现在我们仅以汉诗为例说明。首先，第一个语音构诗元素即音节数量，组成了节拍节奏方面的对比与重复。

汉语是单音节语言（上古或有少数复音节和辅音尾），因此音节清晰整齐，其发音进行中的断续对比分明。一般均由两个音节组成一个节拍，音节的发音与音节之间不发音的所谓音断，形成微小的对比。这就组成了汉语诗歌的基本节拍（现代韵律学称为汉语的"自然音步"或"标准音步"）。这种音节在节奏单位——节拍中必须成双成对组合，既反映了音律上对比的心理需求，也同时反映了重复的心理需求。

上述双音节拍的重复或与非双音节拍的对比，又构成诗句（行）的

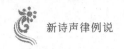

节奏。

在上古四言诗中，诗句以四言（字）两拍为一句（行）。比如《诗经》首句：

关（小断）关 /（中断）雎（小断）鸠（大断）

句中除了四个音节（言）与音节之间语音小断及两拍之断的中断，形成声音的有和无的对比外，整个句子是以音节的重复为主：第一拍"关关"双音节重复，第二拍"雎鸠"双音节重复，同时全句第一拍与第二拍又构成两个双音节拍的重复。

显然，四言诗的诗句以音节和节拍的重复为主。这就使四言诗在声音上给人对称稳定、平衡庄重，缺少激情与变化的感觉。这肯定与当时诗歌乐舞主要用于朝堂宴饮和郊庙祭祀等庄重礼仪有关。

后来民间五言诗兴起，到汉乐府时代成为诗歌主流，以及后来的七言诗，诗行结构都是在句尾增加了一个三言结构，如：

五言：

江南 / 可采莲，（2—3）

莲叶 / 何田田。（2—3）

七言：

朔方 / 烽火 / 照甘泉，（2—2—3）

长安 / 飞将 / 出祁连。（2—2—3）

其中句尾增加的三言结构可以有快读慢读两种节奏。快读时三个音节要连读，慢读时要读作将三个音节分两拍，一拍读双音节，最后剩一个单音节读半拍空半拍，即2—1。

但很明显，无论快读慢读，全句中都多了一个单数音节的节拍。快读中是三音拍，慢读中是单音拍。于是，全句中的稳定对称双音节拍，和不稳定非对称的单数音节拍，在节奏上就构成了强烈的对比。这才是五七言诗比四言诗更活泼，更具激情的根本原因。

最后，由上述诗句（行）的重复，构成诗段或全诗的句间节奏。这种以诗句重复为主的节奏，使中国传统诗歌形成节奏整饬的风格。

但整齐也易呆板。因此宋元后民间词曲兴起，在节拍上增加了单音节（言）和三音节（言）的使用，在诗句句式上打破了对称拍在前，非对称拍在后的2—3句式，增加了句式自由度。不仅丰富了诗句的类型，而且在诗句之间，改变了五言、七言诗的各诗句全为节奏重复的僵死，增加了诗句之间的节奏对比。比如：

更能消，（3）

几番风雨？（2—2）

匆匆春又归去。（2—2—2）

惜春长怕花开早，（2—2—3）

何况落红无数。（2—2—2）

春且住，（3）

见说道，（3）

天涯芳草无归路。（2—2—3）

怨春不语，（2—2）

算只有殷勤，（3—2）

画檐蛛网，（2—2）

镇日惹飞絮。（2—3）

——辛弃疾《摸鱼儿·更能消》

与五言、七言诗比，多了三言句、四言句、六言句，以及五言的3—2句式，显然节奏变化丰富，诗句的节奏对比更强烈，因此更能包容和表

现更复杂的诗绪情感。

元曲来自口语，节奏的对比就更丰富自由了。不仅出现大量单言成分，而且常以自由的衬字改变句式，甚至出现九言乃至超十一言的长句式。如元散曲中的单言句、衬字和变句：

> 峰峦如聚，（2—2）
>
> 波涛如怒，（2—2）
>
> 山河表里潼关路。（2—2—3）
>
> 望西都，（3）
>
> 意踌躇。（3）
>
> 伤心秦汉经行处，（2—2—3）
>
> 宫阙万间都做了土。（2—2—1—3）
>
> 兴，（1）
>
> 百姓苦；（3）
>
> 亡，（1）
>
> 百姓苦！（3）
>
> ——（元）张养浩《山坡羊·潼关怀古》

其中"兴""亡"都是单言成句，这和宋词中那些句头单言，如"对 / 御沟 / 红叶"，"叹 / 凋零 / 殆尽"（均为南宋李曾伯《沁园春·再和》句）中的"对""叹"性质不同。因为后者按格律也可改为非单言头句式。如宋代严参的同调《沁园春·自适》中，同句就写作"但有 / 东篱菊"。

而张养浩曲中第七句按曲谱本为七言，但作者却加了衬字"了"，成为八言句"宫阙万间都做了土"，不仅口语气息浓厚，而且多了一个单言拍"都"，增加了不稳定性，加快了语速，表达了作者愤懑的情绪。

至于散曲的变句，可看同为张养浩相同曲牌的另一首作品《山坡羊·骊山怀古》：

骊山四顾，（2—2）

阿房一炬，（2—2）

当时奢侈今何处？（2—2—3）

只见草萧疏，（2—3）

水萦纡。（3）

至今遗恨迷烟树。（2—2—3）

列国周齐秦汉楚。（2—2—3）

赢，（1）

都变做了土；（1—3—1）

输，（1）

都变做了土。（1—3—1）

把第四句的三言变成了五言句。九和十一句更变为 1—3—1 句式，让诗情激荡。

到了元杂剧中的唱腔套曲，就更加自由灵活，变化多端，对比鲜明了。正如王易先生在《中国词曲史》中比较宋金戏曲与元曲异同时所说："宋杂剧用大曲者几半，大曲遍数虽多，然通前后为一曲，其次序不容颠倒，字句不容增减，格律既严，运用不便；若元杂剧则每剧皆用四折，每折易一宫调，每调中之曲必在十曲以上，且有句字不拘可以增损之十四曲，其视大曲为自由，而较诸宫调为雄肆矣。"

比如与关汉卿、马致远、王实甫齐名的元代杂剧家白朴的《梧桐雨》第四折里的同一曲牌《倘秀才》，其一为：

本待闲散心追欢取乐。（2—2—2—3）

倒惹的感旧恨天荒地老。（3—3—2—2）

快快归来风怵悄。（2—2—3）

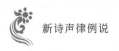

甚法儿捱今宵。（3—3）

懊恼。（2）

另一《倘秀才》则为：

这雨一阵阵打梧桐叶凋。（2—3—3—2）

一点点滴人心碎了。（3—2—3）

枉著金井银床紧围绕。（2—2—2—3）

只好把泼枝叶做柴烧。（3—3—3）

锯倒。（2）

更有中间夹了道白的《倘秀才》：

闷打颏和衣卧倒。（3—2—2）

软兀剌方才睡着。（3—2—2）

（旦上云）：

妾身贵妃是也，今日殿中设宴，宫娥请主上赴席咱。

（正末唱）：

忽见青衣走来报道。（2—2—2—2）

太真妃将寡人邀。（3—1—3）

宴乐。（2）

可见杂剧中曲牌格律已基本自由和口语化，自然是节奏丰富多变，声调色彩对比强烈了。但只是打破了格律的固定字数及拍式排列顺序的定式，其所用节奏表现手法，仍然是单言、双言、三言这样几个基本节拍的对比与重复组合而已。

在传统诗词曲中，构成对比与重复表现形式的元素，除了上述由不同音节（言）数构成的不同拍型及句式外，还包括另外两个汉语语音构诗元素——韵色和声调。

在韵色方面，表现为韵句与非韵句之间，形成句尾音色的对比；而韵句与韵句之间，形成句尾音色的重复。

在声调上，自格律近体诗之后，直至宋词元曲，形成了一整套以平仄两类声调对比与重复组合的精密公式，构成格律诗的声调节奏规律。

总之，中国传统诗歌运用汉语语音构诗元素——音节、韵色、声调的基本方法，就是让这些元素组织起来，形成异质对比和同质重复，并将其定为格律公式。

那么，今日的白话自由体新诗，是否仍可以在抛弃了旧体诗格律公式的情况下，依然应该也能够运用汉语语音构诗元素的对比与重复，作为诗人传情达意的艺术手段呢？

答案当然是肯定的。关于是否应该传承汉语语音构诗元素，使其在新诗中运用而成为表情达意的艺术手段，至少有三个必要：

一是体裁规定性的必要。诗歌作为区别于散文而得以成为独立的语言艺术体裁的前提，既不是有特殊的思想内容，也不是表现了与散文不同的对象或情感，而是对与散文相同的思想内容和对象情感，采取了与散文截然不同的表现形式。其不同的主要表现就是，刻意利用语音的某些声音元素，形成各种韵律形式，作为诗歌特有的表情达意的艺术手段。这些声音元素就是构诗元素。可见，是否刻意使用语音构诗元素，是诗与散文的本质区别。放弃了语音构诗元素的艺术手段，诗必流于分行散文。事实上，就连某些反对研究诗的语音形式者所宣扬的所谓"内在诗意""内在节奏"，离开了语音表达形式，也根本不可能存在。从逻辑上说，没有诗的形式而具"诗意"的文字，不就是"诗意"的散文吗？而从事实上说，中国文学史和诗歌史证明，深植于人们意识中的所谓"诗意"，正是几千年以特殊语言形式——刻意使用语音元素（押韵、音节、声调）构造诗形而累积的结果。

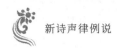

二是语言的规定性。我们先辈利用自己的独特语言中的语音元素，构造的上述特殊的诗形，不仅产生了我们民族的诗性思维，而且以韵律制约着语言的演变。今日的自由体新诗，虽然抛弃了古人用语音元素构建的格律公式，却依然也只能使用我们的民族语言——汉语进行创作。换言之，被几千年诗歌韵律构建而制约的汉语特有语音形式，比如"双音节标准音步"、"右向二分音步特征"、丰富响亮的韵色、具有感性鲜明旋律特征的声调等，都已成为我们汉语内在的，可以用以构诗和表情达意的宝贵艺术元素。

说它们是内在的，是指你即使不写诗而写散文，甚至日常口语，你也在无意识地受这些语音韵律元素的制约影响，只是不自觉而已。

比如我们会说"进行观察""做出答复"，而不可能说"进行看""做出答"，尽管观察＝看，答复＝答。为什么后者在语言中就不合法呢？因为双音节可以使联合动词"观察""答复"名词化，从而可以合法地作谓语"进行""做出"的宾语成分。而单音节的"看""答"都是单纯动词，作"进行"和"做出"的宾语就违反了语法。这正是汉语的声音韵律因素，成为制约和改变词性形态手段的证明（见王丽娟《汉语的韵律形态》，北京语言大学出版社，2015年12月第一版，p62—p65）。

又如，女性常说："我的皮肤不好"，而绝不会说"我的皮不好"，其实"皮"和"皮肤"完全同义。这就是由汉语双音节韵律词的"典雅特性"规定的：说动物可以说"皮"，说人（尤其是女性自况）则必说"皮肤"。只有在不涉尊严且能以其他词素与"皮"或"肤"组成稳定的双音节韵律词时，才可以说。比如"皮糙肉厚""细皮嫩肉"，以及手术前的"备皮"，又比如"润肤""护肤"等。可见我们的语言时刻在运用语音韵律并受其制约。只是我们无意识罢了。

对于汉语如此历史悠久且内涵丰富、表现力强大的语音韵律特点，若不能在本应强调语音作用的诗歌中得到有意识地刻意使用，使之成为诗歌的艺术表现手段，恐怕不仅是新诗艺术手段的损失，更是对民族语言的忽视轻侮。还谈什么诗是语言的艺术呢？

三是诗歌艺术表现需要的规定。语言艺术的表现有很多方面，很多手段。比如形象的创造，意境的构建，语言运用的各种修辞手法等。但对于诗歌这一独立语言艺术体裁来说，最重要的特质却是，刻意利用语音元素作为自己的艺术表现手段。正如音乐是以声音为手段，绘画是以色彩为手段，放弃对声音和色彩的研究利用，音乐和绘画就不存在了一样，诗歌若抛弃了自己独特的利用语音构诗元素表情达意的艺术手段，诗的艺术也就不存在了。

至于新诗能否利用汉语构诗元素的对比与重复，使之成为新诗的艺术手段，答案也是肯定的。

古人以对比和重复的构建原则，将这些语音构诗元素组织成固定的格律公式，套用复杂的诗歌内容，当然有束缚之嫌，当然应该打破。但抛弃格律公式不等于抛弃汉语固有的构诗元素，更不等于抛弃组织和利用这些构诗元素的基本艺术手段——对比与重复。

比如在音节与节奏上，虽然新诗打破了古典诗词曲的格律定式，并以白话口语代替之，但并不能改变汉语以双音节为基本节拍（标准音步），以及双音节拍与其他奇数音节拍（单音拍、三音拍），在节律性质上具有鲜明的对称稳定与否的差异性。而利用这种差异性的对比或重复组织，即便没有固定格律，仍可以构造不同的节奏特色，用以表达诗歌内容情绪。

又如，在韵色构诗元素上，现代汉语普通话因为音节简单并以元音成分为主，又没有辅音尾，所以韵色更为鲜明丰富。不仅仍能在新诗中以自由押韵方式形成像古诗一样的音色统一和谐作用，而且能以韵律疏密传达诗歌情绪的变化。更重要的是，恰当地使用不同韵色具有的不同声响象征与联觉作用，还能更好地表现诗作情感。

而在声调上，虽然打破平仄格律，已难用固定的声调平仄对比重复构建节律，但这种声调自由的新诗，也为自由选择不同声调字及其排列组织，创造了无限空间。而我们知道，现代汉语四个声调作为四个不同的、

短暂而鲜明的音高变化旋律，像音乐中的简单旋律一样，具有不同的音响感情色彩。因此，恰当地选用适合诗歌情感的声调字，也就成为新诗声律自由创造的艺术空间。

总之，放弃格律公式的自由体新诗，只要不放弃对语音构诗元素使用的艺术追求，这些元素肯定比在古诗格律中更能自由发挥其艺术表现力。

而对汉语语音构诗元素在新诗中如何表情达意的规律性研究，或将构成新诗形式学的重要内容——新诗声律学。这也是本书写作的目的。

（2021 年 11 月 6 日）

第 2 章　节奏

汉诗节奏浅说

诗的节奏是由有规律的音节组合（拍节或曰拍子）的重复与对比形成的。

在汉语诗中，音节组合的类型可分两种。

第一种，由两个音节（二字或叫二言）构成的拍子。

因为其中音节数是偶数，每个音节各占相等时值的半拍，形成对称平衡的声音效果，因此可称为对称拍。这种拍子给人以稳定的节奏感。

两个音节的对称拍，在现代西方诗歌音步理论中，也称为"自然音步"或"基本音步"。在汉语中，尤其是现代汉语中，双音节词也是语言和语音节奏的主要的、最多的、最基本的韵律单位。可见人类追求对称的强大心理。

这大概与自然中，特别是我们人类身体上大量存在的对称现象有关。正如刘勰在《文心雕龙·丽辞第三十五》中所说："造化赋形，支体必双""夫心生文辞，运裁百虑，高下相须，自然成对""体植必两，辞动有配"。

所谓丽辞，即成对成双的词语，后谓"骈俪者"。丽是俪的本字。《小尔雅·广言》说："丽，两也。即成双成对的意思。"

对称给人一种平衡、稳定、完满、合谐、安全的感觉。

我国上古《诗经》中的诗句节奏，几乎全由两个二音节的对称拍重复构成，即每句两拍四个字的四言诗，如：

关关 / 雎鸠，（2—2）

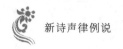

在河／之洲。（2—2）

窈窕／淑女，（2—2）

君子／好逑。（2—2）

即使诗句从语义上不是对称的偶数字，也要加个虚字，凑成两个音节的双音拍。比如：

桃之／夭夭，（2—2）

灼灼／其华。（2—2）

之子／于归，（2—2）

宜其／室家。（2—2）

其中的"之""其""于"就都是没有意义的虚字，只是为了凑足节拍的音节对称而已。

这种由对称拍重复构成对称的诗句节奏，给人一种稳定对称的声音效果，非常适于当时王室贵族祭祀宴会场合严肃端庄的情境。

后来的五七言诗中也有对称拍：

明月／出天山，（2—3）

苍茫／云海间。（2—3）

朝辞／白帝／彩云间，（2—2—3）

千里／江陵／一日还。（2—2—3）

其中"明月""苍茫""朝辞""白帝""千里""江陵"都是对称的二言拍。

而由单音节（一个字）、三音节（三个字）构成的音节组合拍子，因为音数为奇数，可称之为非对称拍。

先看古诗中单音节拍的例子：

缁衣之宜兮，

敝（1）

予又改为兮。

——《诗·郑风·缁衣》

归。（1）

猎猎薰风飐绣旗。

拦教住，

重举送行杯。

——（南宋）张孝祥《十六字令三首，其二》

其中第一首的"敝"（衣服破了的意思）字，和第二首的"归"字，都是单言拍。由于吟诵时只占半拍，后边至少空半拍，声音上就非常不稳定，有急切地向下推进的感觉。

而五七言诗的后三个字，则构成了非对称的三言拍。如上例中的"出天山""云海间""彩云间""一日还"都是三言拍。

这种三言拍在吟诵时，有两种实现节奏的方法，一种是将其分解成2—1 节拍。比如：

出天 / 山（2—1）

云海 / 间（2—1）

这时，必须在最后的单言拍"山"和"间"字后面，加上半个空拍，其拍线如下：

065

出天 / 山 0
∨　　∨

（∨号表示一拍，表示手先向下拍再抬起，向下半拍，向上半拍，
两个半拍时值相等。0表示空音节。）

需要注意的是，这种分解并不考虑三言拍的语义语法关系，三个字只
能分解为 2—1，不能分解为 1—2。比如"出天山"，从语法关系看，是动
宾关系，语法应划分为"出 / 天山"，但在格律中则只能读为"出天 / 山"。

关于这个问题，我们只要听过快板书，就很容易理解了。比如：

打竹 / 板 0
∨　　∨
迈大 / 步 0
∨　　∨

只能把"打"和"竹"唱成一拍，把"迈"和"大"唱成一拍，尽管
这样从语义上割裂了"竹板"与"大步"两个名词。

现代语言韵律学用自然音步的右向二分性，对此给出了解释。即当突
出强调语音的韵律时，自然或基本音步必由两个音构成，而音步划分必从
第一个音节开始向右进行。这样，由三个音节（字）组成的节拍，只能是
2—1 结构，即三个音节中，先由左边两个音节构成一个自然音步，剩下
一个单音节（单字），成为所谓"残音步"，只能以增加半个空拍，补足成
一个完整的自然音步。

然而并非所有情况下都将三言拍分解为 2—1 节拍，如在日常口语和
散文朗读中，三言词更多的是连读。即使在诗词吟诵中，也会出现将三个
字快速连读而不分解的情况。比如五七言绝句中的第三句，往往如此：

朝辞 / 白帝 / 彩云 / 间，（2—2—2—1）

千里 / 江陵 / 一日 / 还。（2—2—2—1）

两岸 / 猿声 / 啼不住，（2—2—3）

轻舟 / 已过 / 万重 / 山。（2—2—2—1）

——（唐）李白《早发白帝城》

第三句句尾"啼不住"三言，在吟诵时总会情不自禁地连读，于是三个音节就挤在了一拍之中。一拍要容纳三音，各占三分之一，与音乐中的三连音很相像，具有强烈的不对称、不稳定效果。

为何第三句要这样吟诵呢？因为韵律的结构需要。

无论是诗还是音乐，凡四个诗句或乐句体式，其韵律结构都要服从起、承、转、合的要求。即第一句功能为主题出现，第二句功能为承续发展，第三句功能是高潮转折，第四句是主题重现。由此可见，第三句是全诗或全乐曲的高潮部分，也是情感激越转折之处，要求在声音上力量充足，形成向全诗或全曲结束的第四句快速推进。

于是，当我们吟诵第三句时，就会不自觉地提高声调，增加力度，加快语速，也不再分解"啼不住"三字，而是一气连读，形成向结束句急速推进的韵律。

总之，三言拍的节奏，无论是分解成 2—1 型，还是三音连读，明显都属于非对称的节拍。前者余出了一个单音节尾音，必须靠补半个空拍凑足一拍，但终归不是两个对称音节的节拍，因此不稳定。而后者三个音节在一拍中连读，各音节占三分之一，当然更不稳定。

由此可知，汉语诗词的节奏，正是由上述稳定的二言对称拍，和不稳定的一言或三言非对称拍，组合成重复或对比，构成诗句内节奏；再由这样的诗句，构成诗句间的重复（古诗或律诗），或对比（词或散曲），最终形成了全诗的节奏韵律。

这是汉诗的节奏主体。另外，诗句之间，韵句的重复，以及韵句和非

韵句的对比，也形成有规律的节奏。

南北朝后，汉诗又发展出了更精细的，用平、上、入、去四个声调的重复对比，构成平仄节奏。

正是汉语语音中的音节、韵、声调三个语音元素，构成了中国诗词曲赋的韵律节奏，使之成为世界诗歌中最富音乐色彩的诗体，形成了独具形式美的精深格律学。

因此，我将汉语语音的音节、韵和声调，称为构诗元素。正是由于我们祖先对这些构诗元素的发现，和有意识地运用，才造就了中国灿烂的诗文化。

当然，将语音构诗元素组织成固定的格律定式，无论什么内容、什么情感，都填入定式，不仅限制了思想感情的表达，更重要的是，本应作为表达内容的艺术手段的构诗元素，却成了与内容无关，脱离内容的教条。

因此，当代自由体新诗抛弃古典诗词格律公式，从思想上说，是一种解放；从艺术上说，可为构诗元素的创造性运用，开辟更新的途径。

自由体新诗虽然新，但其体裁依然是诗，其语言仍然是汉语；因此可知，虽然我们可以抛弃古人用汉语构诗元素创造的那些格律定式，却不能抛弃汉语构诗元素本身。否则，我们写出的所谓新诗，就不可能是诗。

然而可悲的是，一百年来，大多数新诗作者似乎没有明白这个道理。

（2020 年 7 月 22 日）

音步与拍子：诗歌节奏术语选择

特别强调语音的节奏性，是诗歌区别于其他文学体裁的本质特征之一。因此，在分析讨论诗歌的节奏问题时，节奏单位的名称，是首先要确定并取得共识的。

随着二十多年来现代汉语韵律学研究的深入，以冯胜利、王洪君等为代表的学者们，大多在分析汉语韵律时，将节奏单位命名为音步。并确定汉语标准音步（或基本韵律词）具有两个性质：一是二分性，即标准音步必须由两个音节组成；二是右向性，即在语句中划分音步时，遵循从左向右的原则。

这一取得语言学界共识的韵律节奏单位名称，是个外来词，即英文的foot，词义是脚、足、步伐。最初是在 20 世纪，由中国一些模仿西洋格律诗的新诗作者们引进的。

音步（foot）用来冠名节奏单位，确实很形象：表示语音音节向前的构成，像人走路时的脚一样，至少左右脚两个前迈动作才能完成一个步伐。

但中国人传统的节奏单位，却是用手的动作来冠名的，即称为节拍、拍子，或简称拍。表示以手向下拍再抬起的一个往复行程，构成一个二分的节奏单位，向下半拍，抬起半拍。

以手作节拍构成节奏，当然源自音乐。早在汉代成帝时人戴圣所辑的《礼记·乐记》中，就有"广其节奏""文采节奏""节奏合以成文"的说法。

两宋是音乐繁盛时代，记载节奏的文字也留存较多。如沈括的《梦溪笔谈》说："今时杖鼓，常时只是打拍，鲜有专门独奏之妙"。已明确了以杖和鼓作为打拍子表现节奏之具。

同为宋代的《朱子语类》中，将节奏称为"其言合节拍"。大词人姜夔所著《徵招》中也说："因旧曲正宫《齐天乐慢》，前两拍是徵调，故足成之"。词人张炎的《词源》云："法曲大曲慢曲之次，引近辅之，皆定拍眼。盖一曲有一曲之谱，一均有一均之拍，若停声待拍，方合乐曲之节。所以众部乐中，用拍板名曰齐乐，又曰乐句。唱法曲，大曲，慢曲，当以手拍，缠令则用拍板。"

由上可见，我国古人是以节拍、拍子、拍眼等词表示音乐和诗词曲节奏单位名称的。都与手或手执杖板打拍的动作相关。

这倒不一定说明中国古人不重视脚。事实上诗歌的押韵处，就被称为"韵脚"。其重要作用，正如清代沈德潜《说诗晬语》所云："诗中韵脚如大厦之有柱石，此处不牢，倾折立见。"但在中国人心目中，手肯定是在脚之前之上的，故有"手足之情"而不说"足手之情"。何况用于古人视为高雅的音乐中之语，当然会以手拍为节，而不会以足步度之了。

因此，我以为在分析汉语诗歌节奏单位时，还是沿用古已有之的"节拍""拍子"等以"拍"为核心的名称为好。理由一是与音乐节奏单位名称相一致，更能显示诗歌与一般语言文字相区别的"歌"之音乐性。二是更具民族文化传承色彩。三是比外来词"音步"更容易用形象符号表示。比如：

朝辞白帝彩云间 0
  ∨   ∨   ∨   ∨

诗行下的∨符号，就表示拍子。它形象地表现了以手向下拍再抬起的一个节奏单位，每半拍一个音节（字或言），一拍两个音节（二字或二言）。最后一拍包含半拍空值停顿。

这无疑比音步更容易在人们意念中和书面上形象地加以表现。而音步却很难用符号来表示。所以我建议，在分析汉语诗歌（无论古诗还是新诗）节奏时，均可用节拍、拍子代替外来词音步。两个音节的称为"二音拍""双音拍"，或"对称拍"；单音节和三音节的，称为"单音拍""三音拍"，或统称"非对称拍"。

当然，现代汉语音韵学是比诗歌韵律学范畴更大的上一层学科，还涉及韵律与语法造词等诸多语言问题。而且其研究框架及方法，主要引自西方语言学，因此为了该学科的规范，完全可以沿用西方语音节奏单位的术语"音步"。

（2021 年 6 月 14 日）

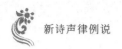

断句与分行

  最早的诗歌是口诵耳闻的，因为诗歌的产生肯定先于文字，那时属于口头文学。后来有了文字，可以记录诗歌，更有利于传播和继承。但书写并不能将诗歌转变为与书法、绘画类似的书面视觉艺术，诗歌仍保持了以吟哦歌诵为表现形式的语音艺术特征。

  可见，对于诗歌来说，如何书写，并不具有重大表现作用。比如，中国传统诗词是绝不分行书写的。一是没有必要：有格律和韵脚在，不分行书写，甚至不用标点断句，读者也完全可以知道在哪里停顿；仍然可构成诗句之间的声音节奏。二是考虑成本：在纸张昂贵和印刷刻版困难的古代，分行书写印制，无疑是巨大浪费。

  也因此，古诗词并无"诗行"的概念，其声音断续节奏，是以"诗句"相分隔而形成的。这其实是很自然的事情，既然诗歌是用来吟诵，那么断句就必然以自然语意声音为据，而不可能随意割裂语句，像今日自由体诗人那样，莫名其妙地胡乱断句分行。更重要的原因还在于，既然诗歌是用来吟诵的，那么声音的中断只会在语句中断处或格律规定处。换言之，你无论将一个语句分几行书写，读起来的声音也不可能是分开的。

  如果以分行形式书写，一般来说，古代绝大多数四言、五言、七言诗，每一行就是一个完整的句子。比如：

主谓句：

  静女其姝。——《诗经·静女》

山僧对棋坐。——白居易《池上二绝》

千树万树梨花开。——岑参《白雪歌送武判官归京》

主谓宾句：

王于兴师。——《诗经·无衣》

庭中有奇树，绿叶发华滋。——《古诗十九首·庭中有奇树》

大珠小珠落玉盘。——白居易《琵琶行》

谓宾句：

三分天下，而有其二。——曹操《短歌行》

松下问童子。——贾岛《寻隐者不遇》

何当共剪西窗烛，却话巴山夜雨时。——李商隐《夜雨寄北》

当然，更多的是并列词组或复合句。如：

一片孤城万仞山。——王之涣《凉州词》

身上衣裳口中食。——白居易《卖炭翁》

杨花落尽子规啼。——李白《闻王昌龄左迁龙标遥有此寄》

即使词曲中的三字、二字甚至单字断句，也多为意义完整的词语或可独立的语句成分。如：

归。

十万人家儿样啼。

公归去，

何日是来时。

——（宋）张孝祥《苍梧谣·饯刘恭父》

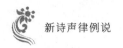

料峭春风吹酒醒，

微冷，

山头斜照却相迎。

回首向来萧瑟处，

归去，

也无风雨也无晴。

———（宋）苏轼《定风波·莫听穿林打叶声》

哎，

你个不识忧愁小业冤！

唬的我魂魄萧然，

言语狂颠。

———（元）关汉卿《包待制智斩鲁斋郎·第一折·青哥儿》

其中的"归""微冷""归去"都是动词独立成句；"公归去"是主谓句；单字"哎"是独立的感叹语。

若以现代诗分行论之，我们可将古典诗词曲这种断句方式称为"自然分行法"。其实质是以句为行。它与散文的区别在于，因诗体和格律的限制，诗句的字数长度不是随意的。

古典诗歌这种自然分行法，是符合诗歌主要以声音诉诸听觉作为表情达意的艺术手段特质的。因为所有分行处，必然都是语音停顿处。

当然，我们强调诗句分行的语音特征，并非完全排除诗行的纸面书写作用。艺术具有游戏性质，既然书写，即可利用视觉效果而游戏。比如据传白居易所作的"双宝塔诗"《诗》：

诗。

绮美，瑰奇。

明月夜，落花时。

能助欢笑，亦伤别离。

调清金石怨，吟苦鬼神悲。

天下只应我爱，世间唯有君知。

自从都尉别苏句，便到司空送白辞。

这样的游戏，是必须依赖书面视觉方能有效实现的，若仅凭听觉是不可能的。

现代自由体新诗抛弃了格律，甚至连韵都不要了，断句当然自由了，但其付出的代价，就是必须分行书写了——幸亏今人不必考虑纸张与印刷成本问题；否则，不分行书写，诗就与散文毫无区别了。

换言之，在自由体新诗中，分行这一书面视觉手段，成为了传达诗歌声音听觉艺术的重要途径。于是，分行书写对于现代自由体新诗而言，就成为必不可少的一个书面构诗元素了。其作用表现在两个方面。

一是作为诗这一文学体裁的标志。因为在无格律且不押韵的情况下，如果不分行，语言意象情境及思维再具诗意，至多也只被视为诗性散文。可见，分行成为自由体新诗唯一的形式标志。

二是以分行书写的形式传达语音节奏。这就说到了分行书写的真正属于诗之艺术范畴的存在意义了。

前面说了，古诗语句间的节奏，依靠的是诗体格律断句，以及诗韵的存在。而自由体新诗放弃了格律，而且越来越多的新诗作者不屑用韵或以无韵为时髦，甚至根本不会押韵。于是，分行书写就成了表现诗歌节奏的唯一剩余手段。

这里必须说明，诗歌中的节奏一词，是与音乐中的节奏同义的，即属于听觉的声音范畴。虽然绘画等平面视觉艺术中的线条、色彩、布局等元素对比，也可借用节奏一词表达其变化；比如画者常说：素描线条要有节奏感，色彩冷暖对比构成节奏，等等。但对于用同类方块汉字分行排列书

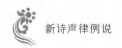

写的诗歌而言，除非你有意将其排列成宝塔诗或各类图形，否则其书面视觉，并不具有绘画中那种视觉节奏。

由此也可知，当年闻一多先生赋予新诗的所谓"建筑美"，恐怕除宝塔诗一类外，基本就是一个笑话。可见，就诗的形式元素而言，分行只具有传达其语音节奏的作用，即告诉吟诵者，该在何处停顿而已。

正是为了让分行能传达出诗歌语音的节奏，新诗作者们方才突破了传统诗词自然断句的分行法，而创造出了各种"裂句分行法"，即破坏自然语句，在语意不该停顿处断句分行；又经常将本不该合为一句的语词硬拼成一行。

这种把诗句隔裂，分别排列成行的分行法，唯一存在的合理性，就是以人为断句突出句中某些词语成分，提醒吟诵者重读长顿而已。比如战争年代许多革命诗人的作品：

> 亲爱的
> ——人民！
> 人民，
> 在芦沟桥
> 在丰台
> ……
> 在这悲剧的种族生活着的
> 南方与北方的地带里，
> 被日本帝国主义者的枪杀
> 斥醒了……
> ……
>
> ——田间《给战斗者》

这种非自然的裂句分行，视觉上造成冲击力当然不是诗歌的主要目的；突出其中的语句成分，让吟诵具有特别的顿挫节奏，应该才是其分行要义。

当然，要达到顿挫节奏，其实也有不分行的书面排版方式：

软软的　　古钟　　飞荡随　　月光之波

软软的　　古钟　　绪绪的　　人　　带带之银河

——呀　　远远的　　古钟　　反响　　古乡之歌

——渺渺的　　古钟　　反映出　　故乡之歌

远远的　　古钟　　入　　苍茫之乡　　无何

——穆木天《苍白的钟声》

即以空格的书面排列视觉手段，提示吟诵时语音节奏的顿挫。穆先生的诗写于 20 世纪 20 年代。但几十年后的新一代诗人也有这样表现的。比如：

建筑物的五楼　　锁和锁后面　　密室里　　他的那一份

装在文件袋里　　它作为一个人的证据　　隔着他本人两层楼

他在二楼上班　　那一袋　　距离他 50 米过道　　30 级台阶

与众不同的房间　　6 面钢筋水泥灌注　　3 道门　　没有窗子

一盏日光灯　　4 个红色消防瓶　　200 平方米　　一千多把锁

——于坚《0 档案》

当然，如果以逗号代替诗行中的空格，也能达到同样作用。

另一极端的形式则是不分行，甚至不用断句标点。比如现代诗人多多的作品《他们》。

总之，所谓裂句分行，就是以分行包括行内空格或用逗号等书面视觉

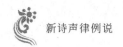

手段，达到提示诗的声音节奏的目的。背离这一目的，而追求诗行书面排列形式的莫名美感，实际上已与诗歌无关了。

最流于和诗歌声音节奏无关的书面美的另一种裂句分行法，据说是学习苏联诗人马雅可夫斯基"楼梯体"的诗作。比如20世纪20年代早期象征派代表诗人李金发的《有感》：

如残叶溅
血在我们
脚上，

生命便是
死神唇边
的笑。

半死的月下，
载饮载歌，
裂喉的音
随北风飘散。
吁！
抚慰你所爱的去。
开你户牖
使其羞怯，
征尘蒙其
可爱之眼了。
此是生命
之羞怯
与愤怒么？

再如郭小川的《向困难进军》也是阶梯体的典型：

骏马

在平地上如飞地奔走

有时却不敢越过

湍急的河流；

大雁

在春天爱唱豪迈的进行曲

一到严厉的冬天

歌声里就满含着哀愁；

在中苏蜜月的红色年代，这种视觉上具有跳跃冲击感的诗形，非常流行。今天仍有类似作品，如 20 世纪 80 年代朦胧诗派女诗人王小妮的《我感到了阳光》就使用了这种分行排列法：

我从长长的走廊

走下去……

——啊，迎面是刺眼的窗子

两边是反光的墙壁。

阳光，我

我和阳光站在一起！

——啊，阳光原是这样强烈

暖得人凝住了脚步，

亮得人憋住了呼吸。

全宇宙的阳光都在这里集聚。

很显然，如果说像田间、穆木天诗作那样的裂句或空格分行法，已完全可实现声音节奏顿挫的提示作用；那么楼梯体的不同行错格排列，则恐怕说不出什么道理了。如此排列，除了纸面上视觉的错落感外，并不具有诗歌分行的声音节奏作用，完全流于类似宝塔诗之类的游戏了，或可作为闻一多先生诗具有"建筑美"的依据——但这种视觉形式美又与诗歌何干呢？

近年的新诗分行就更奇怪，更无目的了。经常是不仅"裂句"，更无道理的"凑句"。如这样的诗行：

　　　　在这些矜持而没有重量的符号里
　　　　我发现了自己的来历
　　　　在这些秩序而威严的方块中
　　　　我看到了汉族的命运
　　　　节制、彬彬有礼，仿佛
　　　　雾中的楼台，霜上的人迹
　　　　使我们不致远行千里
　　　　或者死于异地的疾病

其中第五行"仿佛"断句，如果不是为了在本行中与行首的"节制"二字形成首尾对称，就毫无道理。更重要的是，人们在听读者吟诵时，眼睛其实看不见诗行的，必会按语意语法常理将"仿佛"，与下一行"雾中的楼台"连接在一起，而不会听成"彬彬有礼仿佛"。于是这种硬将下一句（行）的词语成分，拼凑到上一行的凑句分行法，实际上没有任何意义。

可叹的是，随着自由体新诗日益散文化，诗歌创作门槛日益降低，诗歌也日益成为个人纯粹宣泄情感、自我赏玩的游戏。于是这种无意识、无目的、无意义、无道理的裂句分行，正泛滥成灾。

前面已说过，诗歌生于口语并和音乐同源。因此在上古，无论华夏《诗经》以上时代的国风作品，还是古希腊的《荷马史诗》，都没有书面分行的问题。后来有固定或基本定式的格律诗，分行也不成问题。只是到了人们放弃格律，甚至丢掉押韵而写作所谓自由体新诗——更准确说是散文化诗歌时，书写分行才成为视觉上重要的构诗元素。

西方诗歌分行书写的历史早于中国。这既有近现代西方书写工具及造纸、印刷进步较快的物质原因，也和构诗语言的不同特质有关。西方拉丁语系拼音文字，不仅音节构成繁简不一，其轻重或长短音数量，必须依靠分行，才能构成节奏的重复；而且，由于辅音尾的大量存在，拼音文字的韵色大都不够响亮突出——这也是西方诗歌不太重视押韵，而更重视音节轻重长短节奏的原因。也因此，靠韵脚的声音听觉区分诗句，显然不够，分行书写才成为必须。

汉语却相反，音节简单，辅音尾很少（现代汉语普通话完全没有辅音尾）。因而音节以元音为主并结尾，使音节的韵色响亮鲜明，为诗歌的押韵提供了良好的语音构诗元素。同时，以韵断句就很容易。于是，只要不放弃传统四、五、七言诗体和格律，甚至只要不放弃押韵，分行与否，对汉语诗歌来说，就不是决定性的东西。

当然，上述论说，全部建立在以下两个前提之上。

一是承认诗歌创作的目的，在于向读者传情达意。因为只有为实现这个目的，选词造象、择音分行、节拍用韵等一切手段，才具有以读者可识别、可接受为标准的意义。否则，诗歌就成为作者自娱自乐，想怎么写就怎么写，管他读者理解与否的个人游戏。那当然也不必探讨分行断句等问题了。

二是承认诗歌形式的作用，在于创造与内容的表情达意相符的声音效果。这是由诗歌这一文学体裁区别于散文，而刻意发挥语音构诗元素的艺术特性决定的。换言之，分行等形式因素，只是为创造诗的听觉美，而不

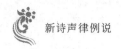

是创造书写的视觉美。

举个浅显的例子。音乐的五线谱书写起来，也可具有视觉上起伏变化的美感。但这种美感显然不是音乐家书写五线谱的目的，因而它再美也不属于音乐范畴。对于音乐来说，五线谱存在的目的、意义，只是提示音乐的音程、节奏、旋律、调性及和声等声音标准而已。

当然，如果你写五线谱不是为创造给别人听的音乐，而是流于纸面视觉美的自娱自乐，且自认为是在搞音乐创作，那也是你的自由。就如今日许多作者，写出一些只为个人欣赏而不管读者是否明白，只为书面奇形怪状而不为吟诵效果如何的分行文字，且顽固地宣称所写就是诗作一样，大家尽可一哂。

（2021 年 7 月 26 日）

诗句长度与节奏

中国古人的诗词，是不用分行书写的，其作品集也绝无分行排印。因为有固定的格律：一是诗句字数有规定——四言诗四字，五言诗五字，七言诗七字，词曲则按牌谱填字；二是对句押韵，声音上行间分明。

这样的诗，不仅不用分行，甚至可以不用标点符号断句。而新诗抛弃格律自由化之后，付出的代价就是必须分行书写、分行印刷，才能有效地表现出诗句的存在与作用。

为什么要表现诗句呢？这就说到了诗与散文两种文体的根本区别：散文只求以字义达意，诗词则还要以声音表现感情。

声音表现感情的重要方面，就是诗的强烈节奏性。而要实现这种节奏，必有两个条件。

一、关于诗句（或诗行）长短的限度

首先，诗句不能少于两个节拍，而每个节拍不少于两个音节，或虽不足两个音节，也必须用空拍补足。这在韵律学上被概括为对偶（或二分）原则，即节拍（音步）必由两个音（重轻、长短或二音分立）对比构成；而每个诗句至少必有两个节拍（音步）。之所以这样，道理很简单：单音不成乐：一个音或一个音的无论多长的延续，都不构成节奏，节奏只有至少两个声音元素的对比或重复，才能产生。

此一由自然形成的对偶原则，我们古人早就明白。刘勰在《文心雕

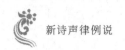

龙·俪辞第三十五》中就说："造化赋形，支体必双，神理为用，事不孤立。夫心生文辞，运裁百虑，高下相须，自然成对。"就是说，物必成双是由自然和人本身的固有规律决定的。

中国传统诗词曲赋的创作实践，也证明对偶或叫对称重复，是构造节奏的主要手段。比如以《诗经》为代表的上古诗歌，绝大部分都是对称的四言句，即每句两拍，每拍两个音节（字）。音节若不够时，宁可以虚字填足。

当然，现存零星资料似表明，上古也曾有过单字成句，或两字成句的个别诗例，似乎不符合节拍（音步）中音节成双、诗句中节拍成双的要求。但一是此类诗例很少；二是按语言学家猜测，很可能远古华夏语言曾是多音节语言，其单个字读为两个音节，仍符合音节对偶的节拍要求。

事实上，中国诗体发展到词曲后，又出现了单字句，但只占很小比例，且在吟诵节奏上，在单字后必须加空拍，使其在节奏上满足音节成双、节拍成双的要求。

另一方面，诗句也不能太长。

所谓节奏，必须有"节"，"节"就包括节制之意。因为"节"的长度恰当，才能让听者对节奏产生明显感知并形成规律性记忆。从中国传统诗词曲赋作品实际看，最长的诗句没有超过十二字的。

二、关于诗句的规律性

节奏来自对比重复，包括诗句内部音节组（节拍）的重复，以及诗句之间节拍组合的重复、句间韵的对比与重复。

一和二是相关的。诗句如果过长，重复就很难实现，或即使实现，在声音上也不易记忆，丧失节奏规律的可感受性。

郭德纲和于谦的相声《我是文学家》里，郭有一个形象的说法，解释诗与赋的区别：诗每行几个字都是几个字，赋则是上一行四万五千字，下一行两个字！

相声虽是夸张，却准确描述了诗与散文——所谓赋就是韵体散文——体裁的本质区别，既说明了字数限制的区别，也说明了句间重复与否的区别。

中国传统诗词的诗句字数以五、七字（言）居多。但随着音乐入诗和戏曲口语化，一方面诗句的长度有所突破，更重要的是，节奏类型由原来的简单重复为主，增加了对比变化。我们逐一举例如下：

一言句：

> 缁衣之宜兮，
> 敝，（1）
> 予又改为兮。

> ——《诗·郑风·缁衣》

> 山，（1）
> 快马加鞭未下鞍。

> ——毛泽东《十六字令·山》

前面已说过，组成节拍必须满足至少两个音节，即韵律学上的对偶或二分原则。所以韵律学上，将只有一个音节的音步称为"残音步"。同时，韵律学也要求一个诗句最少必须由两拍构成，即诗句（行）也必须满足二分原则。于是，在吟诵时，为保证拍节完整，人们总是在一言后停顿半拍，即增加一个音节的时值，尔后再空一拍，让一言诗行也能不仅成拍，而且足句。

比如《十六字令》中的"山"字，要按下面节奏吟诵：

> 山 0—0 0
> Ｖ　　Ｖ

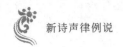

即在占半拍时值的"山"字后边加半个空拍（以0表示），让山构成一拍时值；然后再空一拍（两个半拍），让整个诗句满足必须至少两拍才能成句的要求。

二言句：

予美亡此。
谁与？（2）
独处！（2）

——《诗·唐风·葛生》

竹杖芒鞋轻胜马，
谁怕？（2）

——（宋）苏轼《定风波·莫听穿林打叶声》

注意，只能凑足一拍的两个音节（二言），在节奏上不能足句，即不能成为一个完整诗行，所以在吟诵时，也要求在其后增加一个空拍：

谁怕？ 0 0
  ∨ ∨

三言句：

江有汜，（3）
之子归，（3）
不我以！（3）

——《诗·召南·江有汜》

莫忘故人憔悴,

老江边。（3）

　　　　——（宋）苏轼《南歌子·黄州腊八日饮怀民小阁》

三言句中前两个字构成一拍,余下第三个字后面必须补半个空拍,才能构成一拍,并与前一拍成句。其节奏即:

江有／氾0（2—2）

　∨　　∨

四言句:

关关／雎鸠,（2—2）

在河／之洲。（2—2）

　　　　　　　　　　　　——《诗·周南·关雎》

蓦然／回首,（2—2）

那人／却在,（2—2）

灯火／阑珊处。

　　　　　　　　　　——（宋）辛弃疾《青玉案·元夕》

五言句:

五言句有三种节奏型。

一是2—3节奏,即二言拍在前,三言拍在后,这是五言古诗和五言律诗的诗句主要节奏型,如:

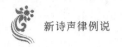

溯游从之，

宛在 / 水中央。（2—3）

——《诗·秦风·蒹葭》

明月 / 出天山（2—3）

苍茫 / 云海间（2—3）

——（唐）李白《关山月》

其中句末的三言拍在吟诵时又有两种节奏，一种是大多数情况，即为满足句尾稳定的节拍需要，常将三言拍分解为一个二言拍加一个单言拍，而单言为成一拍，则在单言后加半个空拍：

床前 / 明月 / 光0 （2—2—2）
 ∨　　∨　　∨

但也有时为了加快节奏，尤其是在四句的五绝或七绝中的第三句上，句尾的三言往往连读成一拍，而不切割为两拍，如：

床前 / 明月 / 光0 （2—2—2）
 ∨　　∨　　∨

疑是 / 地上 / 霜0 （2—2—2）
 ∨　　∨　　∨

举头 / 望明月 　（2—3）
 ∨　　∨

低头 / 思故 / 乡0 （2—2—2）
 ∨　　∨　　∨

其中第三句是所谓"起、承、转、合"中的"转折句"，类似音乐中的高潮乐句，因此要求快速向最后的"合题句"（音乐中叫"主题再现"或"解决"）推进，需要声音上的不稳定，所以常会将"望明月"三字快速连续吟出，三个字要平分一拍的时值，当然不可能对称、平衡、稳定了。

五言句第二种节奏型，是三言拍在前，二言拍在后的 3—2 句式：

一之日 / 觱发，（3—2）
二之日 / 栗烈。（3—2）

——《诗·豳风·七月》

左壁厢 / 唱的，（3—2）
右壁厢 / 舞的。（3—2）

——（元）张养浩《胡十八·客可人》

第三种，句首的三言拍，是可以按照语义分割为 1—2 结构的，使整句成为 1—2—2 节奏，比如：

或 / 息偃 / 在床，（1—2—2）
或 / 不已 / 于行。（1—2—2）

——《诗·小雅·北山》

这在词曲中尤多：

念 / 累累 / 枯冢，（1—2—2）
茫茫梦境。

——（宋）陆游《沁园春·孤鹤归飞》

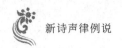

其中句首的单言，在吟诵节奏上，也必须或拖长为一拍时值，或附加半拍空拍时值。

六言句：

2—2—2式：

　　谓尔 / 迁于 / 王都，（2—2—2）
　　曰予 / 未有 / 室家。（2—2—2）

　　　　　　　　　　——《诗·小雅·雨无正》

　　大江东去，
　　浪淘尽，
　　千古 / 风流 / 人物。（2—2—2）

　　　　　　　——（宋）苏轼《念奴娇·赤壁怀古》

还有3—3式：

　　草间路 / 六七里，（3—3）
　　溪上梅 / 三四花。（3—3）

　　　　　　　　　　——（宋）吴浚《六言》

　　我到此 / 闲登眺，（3—3）
　　日远天高。

　　　　　　　——（元）张弘范《中吕·满庭芳》

注意，3—3式中两个连续三言拍，都应三音节连读成一拍，因两拍已成对称，可以足句了。

七言句：

第一种，2—2—3 式，七古、七绝、七律等七言诗均为此式。尽人皆知，不必举例。句尾三言拍的吟诵节奏同五言句。由于句首比五言句多了一个二言拍，使七言与五言节奏有很大差别，且以苏轼两个内容相同的五言和七言诗句比较：

明月 / 入华 / 池 0
　∨　　∨　　∨

明月 / 谁分 / 上下 / 池 0
　∨　　∨　　∨　　∨

一目了然，五言诗吟诵节奏每句是三拍，而七言诗句多了一拍，成了四拍。所以，从全句节奏上说，五言三拍，属于非对称的节奏型，全句稳定性不强；而七言诗每句四拍，是对称节奏型，诗句的稳定感更强，向下推进的力度就弱了，节奏感没有五言快速激进。这才是诗论者一致认为五言"气促"的真正原因。

第二种，3—2—2 式：

知我者 / 谓我 / 心忧。（3—2—2）

——《诗·王风·黍离》

更能消 / 几番 / 风雨，（3—2—2）
匆匆春又归去。

——（宋）辛弃疾《摸鱼儿·更能消几番风雨》

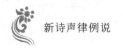

第三种，1—2—2—2式：

念 / 柳外 / 青骢 / 别后，（1—2—2—2）
水边红袂分时，
怆然暗惊。

——（宋）秦观《八六子·倚危亭》

在元曲中还有一种2—3—2式，接近口语：

是个 / 不识字 / 渔父。（2—3—2）

——（金）白贲《鹦鹉曲·侬家鹦鹉洲边住》

八言句：

有当代学者研究认为，七言是汉语韵律构句的最佳上限。因此，中国传统狭义概念的诗，极少有超过七言者。个别诗中超七言者，如李白《梦游天姥吟留别》中"安能摧眉折腰事权贵"句竟达九言，只能看作借鉴先人辞赋句式，或激情下的口语入诗。至于楚辞中多有七言以上句，那是迥别于诗的另一种体式，古人并不将其视为诗。但在后起的诗体词曲中，八言还是较多的。

2—2—2—2式，实为四言诗扩倍：

不知 / 我者 / 谓我 / 何求。（2—2—2—2）

——《诗·王风·黍离》

我不 / 敢效 / 我友 / 自逸。（2—2—2—2）

——《诗·小雅·十月之交》

祥瑞 / 不在 / 凤凰 / 麒麟，（2—2—2—2）

太平 / 须得 / 边将 / 忠臣。（2—2—2—2）

——卢群《吴少诚席上作》

有时 / 三点 / 两点 / 雨霁，（2—2—2—2）

朱门柳细风斜。

——（宋）欧阳修《越溪春·三月十三寒食日》

2—3—3 式：

纵被 / 无情弃 / 不能羞。（2—3—3）

——（五代）韦庄《思帝乡·春日游》

3—3—2 式：

眼见得 / 吹翻了 / 这家。（3—3—2）

——（明）王磐《朝天子·咏喇叭》

韩信功 / 兀的般 / 证果，（3—3—2）

蒯通言 / 那里是 / 风魔？（3—3—2）

——（元）马致远《蟾宫曲·叹世二首》

1—2—2—3 式：

见 / 千门 / 万户 / 乐升平。（1—2—2—3）

——（宋）晏殊《拂霓裳·喜秋成》

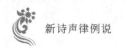

对 / 潇潇 / 暮雨 / 洒江天。（1—2—2—3）
　　　　——（宋）柳永《八声甘州·对潇潇暮雨洒江天》

在词和元曲中，更多的八言句实为七言句加了一个口语衬字。如：

3—2—3式：

谩觑著 / 秋千 / 腰褪裙。（3—2—3）
　　　　——（宋）万俟咏《武陵春·燕子飞来花在否》

这一番 / 气味 / 胜从前。（3—2—3）
　　　　——（宋）苏轼《翻香令·金炉犹暖麝煤残》

对人前 / 乔做 / 娇模样。（3—2—3）
　　　　——（元）真氏《解三酲·奴本是》

再不见 / 烟村 / 四五家。（3—2—3）
　　　　——（元）关汉卿《大德歌·雪粉华》

其中句首三言拍中的"著""这""对""再"几字均为衬字。

九言句：

2—2—2—3式：

安能 / 摧眉 / 折腰 / 事权贵。（2—2—2—3）
　　　　——（唐）李白《梦游天姥吟留别》

094

然后 / 天梯 / 石栈 / 相钩连，（2—2—2—3）

上有 / 六龙 / 回日 / 之高标，（2—2—2—3）

下有 / 冲波 / 逆折 / 之回川。（2—2—2—3）

———（唐）李白《蜀道难》

唯有 / 阮郎 / 春尽 / 不归家。（2—2—2—3）

———（唐）温庭筠《思帝乡·花花》

正值 / 花明 / 柳媚 / 大寒食。（2—2—2—3）

———（元）张养浩《胡十八·从退闲》

3—2—2—2式：

轩楹雨 / 轻压 / 暑气 / 低沉，（3—2—2—2）

逞妖艳 / 昵欢 / 邀宠 / 难禁。（3—2—2—2）

———（宋）柳永《夏云峰·宴堂深》

十言句：

向尊前 / 又忆 / 漉酒 / 插花人。（3—2—2—3）

———（宋）姚云文《紫萸香慢·近重阳》

十一言句：

嗟尔 / 远道 / 之人 / 胡为乎 / 来哉。（2—2—2—3—2）

———（唐）李白《蜀道难》

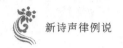

恰便似 / 图画 / 中间 / 裹着 / 老夫。（3—2—2—2—2）

——（元）张养浩《胡十八·自隐居》

十二言句：

只宜 / 辅枕簟 / 向凉亭 / 披襟 / 散发。（2—3—3—2—2）

——（元）白朴《得胜乐·夏》

诗句字数再多就成口语了，比如元杂剧中那些曲词：

你去那 / 受刑法 / 尸骸上 / 烈些 / 纸钱。（13字）

再也 / 不要 / 啼啼 / 哭哭 / 烦烦 / 恼恼 / 怨气 / 冲天。（16字）

这都是 / 我做 / 窦娥的 / 没时 / 没运 / 不明 / 不暗 / 负屈 / 衔冤。（20字）

——（元）关汉卿《窦娥冤》第三折

以上我们例举了中国传统诗词曲的诗句中字数与节奏式，从中有几点规律：

一是诗句中的节拍，以二言拍和三言拍为主体，一言拍为辅。

二是诗句节奏，早期以四言两拍为主，后来以五言三拍、七言四拍为主。

三是诗句尾拍节奏，四言诗为对称二言拍结句；五七言诗以非对称的三言拍结句；发展到词曲，则二言拍和三言拍都可结句。

四是单言拍可在句首或句尾出现，但一般不会出现在句中。

五是诗句长度，最少四言二拍（不足时要补足空拍或增加虚字）；最长不宜超过八言四拍，否则即近口语。

自由体新诗以口语入诗，打破了格律，甚至诗句长度超过散文句，完全放弃了诗句节奏。比如，以写出《雨巷》那优美节奏和意象而闻名的诗人，也写了不少这样的诗句：

> 我不懂 / 别人 / 为什么 / 给那些 / 星辰 / 取一些 / 它们 / 不需要的 / 名称（3—2—3—3—2—3—2—4—2）
>
> ——戴望舒《赠木克》

整句长达 24 个字，不要说比口语长，即使当代白话书面语，也很少有这么长的句子。全句语词构成 9 个节拍，由于太多，根本不能形成韵律节奏。这显然不能算作诗了！当然，如果朗诵时，肯定从语义语音上是要拆分成几句（行）的。可见诗的书面行长行短是不足为凭的，最后仍以语音断续为准。

至于一般作者，这样的创作已成泛滥之势：

> 身边 / 经常有 / 关于 / 大师的 / 高谈 / 阔论
> 有人 / 长于 / 此道 / 熟稔的 / 话题
> 时而 / 使用 / 昵称
> 我常会 / 在这时 / 不安，/ 偶尔 / 感到 / 滑稽
>
> 记住 / 那些 / 面容 / 是记住 / 岁月
> 人生 / 旷野，/ 百感 / 交集的 / 际遇
> 蝶形 / 纷繁的花 / 是你 / 说出的 / 话语

比这长的还有，根本不是诗，就不举例了。

我们还须认识到，虽然新诗打破了传统诗词的格律，却不应丢弃汉语语音特有的构诗元素，以及由这些构诗元素形成的韵律。

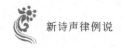

其实，现代语言韵律学认为，语音韵律——包括高低、轻重、长短等节奏变化，不仅是语音外壳的物理属性，也是语义情感表达的重要手段，甚至规约了词汇生长与语法演变。

新诗使用的仍是汉语。现代汉语与古汉语虽有区别，但在韵律上并无本质变化。比如，基本韵律词或节拍单位，仍是二字（二音节）和三字（三音节）词；单音词和三字以上的多音词，只起辅助性作用，不能构成节奏主体。

同时，诗句字数不可过长，应以全句三至四拍，最多不超过五拍；总字数以五至九字为宜，最多不超过十二字。才能有效形成可称为诗的节奏。

虽然我们的白话口语没有格律，但语音仍具有一定韵律，只是并不刻意对形成韵律的元素进行选择、组织、安排。而诗歌创作则相反，要刻意地运用这些语音构诗元素，使之形成更鲜明、更适合表达诗歌内容感情的韵律节奏。否则，写出的东西就只能是散文而已。

（2020 年 8 月 2 日）

不同节奏型的声音效果

汉语的基本节奏类型，可以根据其所包含的音节（字）的数量，以及由音节数量决定的稳定性，分为两大类。

一类是由两个音节构成的对称节拍。现代汉语音韵学家认为，它是汉语节奏的基本韵律词，或叫"标准音步"。它不仅具有节奏性质，还具有构词和语法作用。在汉语诗歌中，这种二音节节拍，也是节奏中的主体。比如《诗经》中，绝大多数诗行，都是由两个对称的双音节拍构成的四言节奏。

即使到了五、七言诗，其诗行仍以双音节节拍为节奏主体。比如五言诗的 2—2—1 诗行，七言诗的 2—2—2—1 诗行，其中行尾的单音节，在吟诵节奏里，一般也是要在单音节之后加上半拍停顿时间，以便在听觉上构成对称效果。

这是与人类追求对称稳定的天性相关的。

另一类则是由单音节（单字）和三音节（三个字）构成的非对称节拍。前者音韵学家称为"残音步"，即不完整的音步；后者称"大音步"或"超音步"。与双音节对称拍相比，这类非对称拍的节奏性质，都具有不稳定性。

古诗中很少用一个字或三个字的非对称拍。如上所说，五言诗和七言诗诗行的后三字，也总是在节奏上被吟成两个对称拍，即 2—（1 + 0）节奏，其中 0 表示空半拍。只有绝句的第三行，和律诗的倒数第二行，为加强向诗歌结句的快速过渡，才会将行尾的三个字连读，成为不稳定而向下

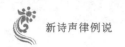

急促推进的三言拍。

后来随着口语入诗，宋词元曲中，单音节和三音节的节拍才多了起来。至于现代汉语和以现代汉语创作的自由体新诗，其中单音节和三音节的非对称节拍，就很多了。加上受外来语影响，甚至在新诗中出现一些超过三个音节的节拍，但在吟诵时，也大多可划为单音节、双音节、三音节的组合。

无论如何，对称拍与非对称拍，都是构成汉语诗歌节奏的基本节拍类型，其组合变换形成的稳定与不稳定性的对比或重复，创造出不同的节奏，以表达不同的情感意境。

不同的节奏类型并无好坏高下之分。南北朝时文学家刘勰、钟嵘等人认为四言诗优于五、七言诗，显然没有道理。评判一首诗歌节奏创造的成功与否，关键看其节奏是否适宜内容情感，是否恰当地用声音快慢起伏，传达了作者要表达的情绪。

因此，诗人应该敏锐地察知不同节奏型，及其不同组合特有的声音效果，并选择最能表现自己所要表现的思想情感等内容的节奏。这种感知和选择越细腻越好。

我们仍以当代著名女诗人舒婷那首《致橡树》的起首为例：

> 我如果 / 爱你——（3—2）
> 绝不像 / 攀援的 / 凌霄花，（3—3—3）
> 借你的 / 高枝 / 炫耀 / 自己；（3—2—2—2）

这三行，在节奏上明显构成递进关系：第一行两拍，第二行三拍，第三行四拍。这是典型的诗歌开篇起首的写法，也是诗人感情平稳展开的需要。

其实古诗也如此，大多数起首时节拍总是由少向多。比如：

君不见，（一拍）

黄河 / 之水 / 天上来。（三拍）

——李白《将进酒》

车辚辚，（一拍）

马萧萧，（一拍）

行人 / 弓箭 / 各在腰。（三拍）

——杜甫《兵车行》

卖炭翁，（一拍）

伐薪 / 烧炭 / 南山中。（三拍）

——白居易《卖炭翁》

节拍由少向多，由简转繁是一般的开篇手法，适用于平缓地逐步展开情景思绪。但也有节拍由多向少的开篇，那目的多是为表现激越的情感。比如词牌《江城子》，以苏轼词为例：

十年 / 生死 / 两茫茫，（三拍）

不思量，（一拍）

自难忘。（一拍）

这类上来就是多拍急促节奏，再转向少拍顿挫的开篇手法，显然不适合娓娓道来的情绪推展。因此懂诗词者都知道，《江城子》属于悲壮调，只适于写凉词。

我们再说回舒婷的诗。看第一行：

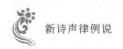

①我如果 / 爱你—— 3—2

当然也可写成：

②如果 / 我爱你—— 2—3

两种不同的节奏组合，语意并无大的变化，区别只在于，②中条件状语"如果"前置，修辞学上认为具有强调的修辞效果。

但从节奏上看，①和②两种对称拍与非对称不同组合序列，从声音节奏上却具有不同的表现效果：

①中非对称拍"我如果"前置，与②中对称拍"如果"相比，就轻快淡然多了，且其不稳定性让吟诵者急促而过，导向后面的对称拍"爱你"，不仅突出了"爱你"的坚定不移，也使全句结束在稳定的双音节对称拍上。即使在"爱你"之后划个句号，也没有言之未尽感觉。

而在②中，将对称拍"如果"前置，因在"如果"这个对称双音节拍后可以停顿，不仅具有突出作用，也减少了行内两拍之间的急促衔接，而将不稳定性置于行尾，构成向下一行推进的节奏动力。

显然，①属于平缓、稳重、明确的陈述节奏。而②属于急切、激情、飘动的表白节奏。因此，在抒写不同的情感表达和谋篇布局时，仔细斟酌选择不同的节奏型组合排列，是诗人必要的修养与功力。

当然，舒婷更可能是凭借天赋的直觉。

（2021 年 7 月 12 日）

节奏对比

对比是我们认识和表现世界的基本方法。也是所有艺术表达的基本手段。

没有明暗对比，我们就看不见东西；明暗对比是素描艺术的表现手段。

没有色彩的对比，我们就分不出红花绿叶；色彩对比是所有绘画艺术表现世界和传达主观情感的手段。

没有音高音色的对比，我们就听不出鸟鸣的婉转与惊雷的可怖；声音的对比是音乐艺术感动人的全部手段。

诗是应用语言和语音的艺术。诗与散文的根本区别，就在于它们虽同样以语言表达思想，但诗更强调更突出地，以语音的对比作为传情达意的艺术手段。

那么，汉语语音都有哪些元素可以构成对比，从而成为诗的艺术手段呢？只有三个。

一是音节。音节数量的对比构成了语音节奏上的最主要对比。

汉语单音节的特点，可以使语音形成整齐的节拍。这种节拍可按照对称或者稳定与否，分成两大类型：两个音节的对称稳定拍，以及一个音节或三个音节的非对称非稳定拍。

比如上古四言诗的节奏，都是每句由两个双音节的对称拍重复构成，没有不同类型拍的对比，因此语音节奏就缺乏活泼跳跃、变化流动的色彩。比较适合表现王公贵族宴乐郊祭的庄重情感。

后来五、七言诗出现，尤其是词曲的产生，单音节拍和三音节拍这种非对称不稳定的节奏型被大量使用，与对称的二音拍形成节奏对比，无疑有利于表现更丰富的感情节奏。

二是韵色。传统诗赋词曲都是押韵的，因为它们与散文不同，它们都叫韵文。

在诗中，韵句与非韵句形成音色上的对比，因而构成诗的音色节奏。如果每行都押韵，那诗句节奏就很快；如果隔行甚至隔数行才押韵，则节奏就慢些。这道理与鼓点一样。如果换韵，比如词牌《菩萨蛮》那样两句一换韵，音色对比就会散漫而弱，形成飘忽不定的声音效果。

三是声调。汉语声调有高低曲折长短之分，古人将其分为平仄两大类。平声有阴平阳平，都是较高较长的音调。仄声包括上声、去声、入声三种，都是曲折低沉或短促的声调。古人用这平仄两类声调构成对比，创造了声调的节奏，甚至创制了精致严格的诗律、词牌、曲谱的格律公式。

今日我们写作自由体白话新诗，虽然为思想解放和表达自由，抛弃了旧诗格律，却不应抛弃汉语语音中的那些构诗元素，而理应以之形成对比去表现诗意情感。

事实上，我们用以创作自由诗的现代汉语普通话，其语音中的构诗三元素：音节、韵色、声调，比起古代汉语，是变得更适合诗的声音构造了。

比如现代汉语普通活，音节没有了双辅音和辅音尾，比古汉语更整齐，更容易表现节奏。而入声字辅音尾的消失，让现代汉语的韵色更加突出悦耳，乐音性更强。声调上则由复杂变为简单的四种，特色不仅更鲜明了；而且没有了短促不清的入声调，四个声调分别鲜明，更适于表达感情了。

我们这里重点举例说明节奏的对比。先看单句：

我／嗅到了／死亡的／气息。（1—3—3—2）

这个句子用一个单音拍"我",与两个三音拍"嗅到了""死亡的",以及一个双音拍"气息",形成强烈地对比,语音节奏变化明显,让听者能感受激动的情绪。但如果改变一下:

我嗅到 / 死亡的 / 气息。（3—3—2）

再吟诵品味一下,并与原句比较,节奏就只剩了三音拍与二音拍的对比,而且两个三音拍重复的对称效果,也增强了句子的稳定性。吟诵出的语音节奏,是一种比较平稳的叙述性效果。

再看一个句（行）间对比的例子:

云 / 灰灰的,（1—3）
再也 / 洗不 / 干净。（2—2—2）

———顾城《雨行》

第一行是两个不稳定的非对称拍子构成句内对比。

第二行三个对称双音拍构成重复;但由于是三个双音拍,行内并不是完全对称稳定。比如若改成两个对称拍:

洗不 / 干净。（2—2）

或者四个对称拍:

再也 / 不能 / 清洗 / 干净。

则整句将完全对称了,稳定效果就更明显了。

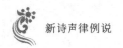

　　我们再看，原作两行之间，是构成了明确的节奏对比。第一行单音拍和三音拍的不稳定，造成声音节奏急促而一掠向下，仿佛诗人对那肮脏的云不忍一顾，就急急转头。而第二行换用了三个对称的双音拍，稳定又沉重，明显传达着作者失望而冰冷的心情。

　　两行之间，由第一行快速轻浮、滑动跳跃的节奏，转向稳定和缺少激情色彩的对称节奏，相互形成了鲜明的节奏对比。这种对比，用语音节拍不同的行进，恰当地表达了诗人要传达的情感变化。

　　这在诗人，很可能是依靠直觉的创造。但我们却可从这创造中，总结出语音节奏对比的规律，用于我们诗歌的创作之中。

　　　　　　　　　　　　　　　　　　　　　　（2021 年 1 月 4 日）

节奏整齐简说

语音节奏整齐是传统诗歌的基本特征。虽然上古最原始的歌谣节奏，多出于随意自然不受拘束，比如传为帝尧之时的《击壤歌》：

日出 / 而作，（2—2）

日入 / 而息。（2—2）

凿井 / 而饮，（2—2）

耕田 / 而食。（2—2）

帝力 / 于我 / 何有哉?（2—2—3）

以及更真实可信的上古《易》中的《归妹·上六》：

女承筐，（3）

无实；（2）

士刲羊，（3）

无血。（2）

语音节奏都是有变化的。即便在以四言整齐节奏为主的《诗经》时代，也有节奏不一的所谓杂言诗。

但不可否认，节奏整齐从诗歌诞生之时起，就内生在创作者们的自觉中。为何，其实原因很简单，以重复对称为组织方法的整齐节奏，符合包

括我们人体结构及其运动的一般规律。

因此我国最早的文学理论家刘勰在《文心雕龙·丽辞第三十五》中就说："造化赋形，支体必双"，"高下相须，自然成对"，"体植必两，辞动有配"。正如我们的手足都成双，我们走路也须一左一右才成步。这都反映了对称的节奏性。

由此可见，重复语音使之对称整齐，是诗歌形式（或曰体裁）的最早、最自然、最被大量使用的基本修辞手法。

当然必须特别强调，诗歌的节奏整齐是以语音的听觉为准的，而非以字面视觉为准。

因为汉字是单音节为主的语言，即一个汉字就是一个音节，尤其容易让人误会，以为只要书面上字数整齐了，声音节奏就整齐了。其实不然，整齐与否还取决于节拍的排列顺序。比如下例：

朋友 / 穿了 / 新大褂，（2—2—3）
约我 / 出去 / 吃晚饭。（2—2—3）

每行不仅字数整齐，而且节拍排列顺序也很整齐，是节奏完全重复，因此听起来节奏非常整齐和谐。但若写成下式：

朋友 / 穿了 / 新大褂，（2—2—3）
约上我 / 出去 / 吃饭。（3—2—2）

虽然书面上字数的视觉依然整齐，但节拍排列顺序不一样了，第二行三音节拍换到了前面，再读出来听听，原来节奏整齐和谐的声音就没有了。

对于奉格律为圭臬的古代诗人而言，当然不可能发生这种误会。即在所谓诗的句法上，哪怕违背自然语意，也须遵从格律的节奏规定，以保证节奏整齐。比如杜甫《十月一日》诗中有句：

> 夜郎 / 溪日暖，（2—3）
> 白帝 / 峡风寒。（2—3）

虽然从语意上说，本应读为"夜郎溪 / 日暖"和"白帝峡 / 风寒"，但恐怕古人都不会如此划分节拍，而必按照格律规定读为 2—3 节奏，以保持整首五言律诗声音节奏的整齐。

近现代一些创写白话自由体新诗的人，为消弥新诗散文化的诟病，企图让新诗节奏整齐起来，写了不少每行字数相等的所谓"豆腐块诗"，却偏偏犯了只看书面视觉整齐，不管节拍顺序一致与否的声音效果，结果当然毫无节奏整齐之感。典型如闻一多的诗，比如他的《一句话》：

> 有 / 一句话 / 说出 / 就是祸，（1—3—2—3）
> 有 / 一句话 / 能 / 点得着 / 火，（1—3—1—3—1）
> 别看 / 五千年 / 没有 / 说破，（2—3—2—3）
> 你 / 猜得透 / 火山的 / 缄默？（1—3—3—2）

书面上看每行字数一样，但读起来声音节奏整齐吗？不整齐。因为每行不仅节拍排列顺序不一致，甚至每行拍数多少都不一样：一、三、四行都是四拍，第二行却有五拍。这样，每行之间除了字数相等（这是视觉整齐而已）外，拍节数量及其排列顺序都不一样，当然不是节奏的重复，怎么会有声音上的对称整齐之感呢？

大概闻先生是学美术出身，才会把视觉的整齐看得重于听觉，甚至提出所谓"诗的建筑美"吧。

英、法、俄等国的传统诗歌，也是将节奏整齐作为首要的体裁特征和修辞手法的。比如英语四音步"淹波律"（抑扬格）诗，必须是每行四个

音步，每个音步包含两个音节，并且均为第一个音节轻短（抑），第二个音节重长（扬），即：

轻重／轻重／轻重／轻重（2—2—2—2）

不仅每行都要音步数相同，每个音步中音节数相同，而且轻重排列顺序也必须相同。但因为西方是拼音文字，每个音节的字符数多寡差异很大，所以虽然每行音节数和音步数都相等，因此听觉上节奏整齐，但在书面视觉上，每行的字母数量却是参差不齐的。

这也从另一面证明了，诗歌的节奏整齐与否，标准是语音的听觉而非字面的视觉。

当然，古典诗歌将节奏整齐单纯看作外在形式要求，甚至将其格律公式化，固然使诗与散文在文体区别上一目了然，成为诗体重要元素；但其局限性也是很明显的。尤其对于反映复杂情感场景等内容的长篇诗歌而言，以每行完全重复的整齐节奏写下去，不仅难以显示诗人情绪的起伏波动，而且声音上也会使吟诵者感觉千行一律，僵死呆板。

古代高明的诗人是懂得这个道理的。比如李白的长篇《蜀道难》，就是三言、四言、五七言，乃至八言、九言，最多十一言节奏杂用的，以表现诗思情绪的变化起伏。他的《梦游天姥吟留别》亦如此，不仅四、五、七、九言节奏杂用，而且借用了楚辞以"兮""之"半句的节奏。

杜甫的《兵车行》《茅屋为秋风所破歌》，白居易的《卖炭翁》等，也均有三言、九言与五七言相间的节奏变化。

到了宋元后词曲勃兴，由于受民间文化影响，诗所反映的生活内容更生动复杂，节奏变化也日益丰富。不仅以长短句为主，而且句式中也出现了节拍顺序变化，打破了五七言古体和律体 2—3、2—2—3 的僵化节拍定式，创制了 1—3、3—2、3—2—2、2—2—2 等句式。曲中更增加了许多衬字或语气词，节奏变化更灵活随意，接近口语。

但因为帝制时代社会文化主导权掌握在文人士大夫手里，他们一统僵化的思维和追求规范的偏好，还是让这些节奏演进最终又成为一堆大家只能照其填词的格律公式。

现代自由体新诗抛弃了这些僵死的格律公式，当然是一种解放。但是进步还是退步？则需思考。

何谓退步？诗歌与散文最本质的体裁区别之一，就是追求以语音节奏表达情感思想。如果我们在抛弃不论什么内容都用千篇一律节奏的格律公式的同时，干脆连节奏这个诗歌表达的特有体裁艺术手段也一并扔掉，岂非让诗歌与散文混同一气，岂非放弃了语音节奏的艺术，这不是退步又是什么呢？至少是比古人退步了。

何谓进步呢？既然我们明白，诗的节奏是表达诗之情感内容的艺术手段，不同的情感内容应该使用不同的节奏，因此才要抛弃古人千篇不变、套用一切内容的节奏格律公式，而不是抛弃节奏本身。那么，我们就必须去研究，什么样的节奏适合什么样的感情表达，总结出一些基本的规律（而非公式），并在新诗写作中创造性地应用。

比如，从最简单的现代汉语组成节奏单位的节拍看，主要可分为两类：一类是偶数音节（双音）拍，一类是奇数音节（单音或三音）拍。它们各具不同的节奏特性，前者对称稳定，后者非对称不稳定，因而可以构成不同节奏类型的基本单位。在新诗中灵活恰当地使用不同节拍组合，就可以更好地表达情感内容。

又如，诗行内节拍类型排列的有序与无序，也可形成不同的节奏特性，用以表现不同的情感内容。而诗行间的重复（包括完全重复与变型重复）以及对比，同样可以创造丰富的节奏变化。

这些节奏规律的探索，应该是新诗声律学的重要组成部分。这种探索，才是在古人格律公式基础上的真正进步。

闻一多先生曾将这种新诗形式如何与内容契合的探索，形象地比喻为"相体裁衣"。但不知何故，他又将此探索的努力命名为"新格律"，并

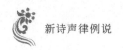

希望创制出一套大家都认可喜爱的"格律"。而问题是，这样的"新格律"又和古人的"旧格律"有何区别？不仍然是公式吗？何来"相体裁衣"？

更遗憾的是，闻先生的探索实践，仅是一些被人诟病的"豆腐块诗"。前面已说过。

不过更可悲的是，后来，尤其是今日的大多数新诗作者，连闻一多探索的勇气也没有，干脆懒惰地放弃了诗歌对节奏的追求，顺口随意，毫无遣词择句，结果就将新诗写成了分行散文——甚至不如散文。

在抛弃格律公式的同时，放弃了节奏、韵律、声调表情等构诗的艺术手段，实际上就是放弃了诗本身！

这样的所谓新诗，有何出路？不过是文字垃圾罢了。

（2021 年 10 月 17 日）

诗歌节奏的规整

　　诗与散文一个重大区别，是语音节奏的规律性，在汉语中表现之一，就是音节排列的重复、对称；除某些特殊感情需要外，一般应尽量避免诗句中音节排列的散乱无章。

　　比如下面的诗句：

　　　　我走向原野
　　　　所有的情绪都瞬间被冷冻

　　　　　　　　　　　　　　　——邱华栋《冷风景》

　　我们看引诗中的第二句，按散文句式，诵读起来节奏可以是：

　　　　所有的 / 情绪 / 都 / 瞬间 / 被 / 冷冻

　　节律型是（3—2—1—2—1—2），听觉上没什么鲜明的节奏规律可言。当然，也可读得更规整一些：

　　　　所有的 / 情绪 / 都瞬间 / 被冷冻

　　节律为（3—2—3—3）。但若从诗的节律上看，虽然诗句后两拍是三音节的重复，但因它们与前两拍的 3—2 节律形成不对称关系，节奏仍然

113

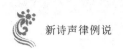

不够鲜明。其核心是多了一个音节"被"字。

其实，删掉这个"被"字，诗句语意不受任何影响，于是该句节律就成为了（3—2—3—2）的：

所有的 / 情绪 / 都瞬间 / 冷冻

很显然，整句由两段对称的（3—2）节律重复而成，若再加上第一句同样可按（3—2）节律诵读的"我走向原野"，那就构成了连续的三个（3—2）节律型重复，即使不分行，仅凭听觉，也能感受到诗特有的鲜明节奏。

再如下例：

在 / 难以 / 完成的 / 苦旅中 / 行走（1—2—3—3—2）

你 / 分不清 / 恼与痛，深深 / 徘徊（1—3—3—2—2）

———芦苇《异乡的女孩》

这显然近于散文的节奏———音节驳杂散乱。让我们试着改一下：

行进于 / 无尽的 / 苦旅 / 之中（3—3—2—2）

分不清 / 徘徊着 / 悲伤 / 深恼（3—3—2—2）

几乎可以歌唱了是不是？因为每行音节组（拍节）构成了有规律的（3—3—2—2）节奏型；而两句之间又形成节奏重复。

我不是说自由体现代新诗全要这样写，而是应根据感情内容的需要安排节奏。比如在需要表现特别激越跳荡情绪时，适当多用些节拍对比强的节奏，而同时又须避免全诗节奏散漫。

避免节奏散漫，不仅是诗这一文学体裁与散文的本质区别———散文的"散"不就寓有节奏不规整的意涵吗？更重要的是，规整具有鲜明凸显的修辞效应。很明显，口语及其文字形式（即散文），其节奏是随意的、未经刻意人为修饰的；而诗歌规整节奏的产生，肯定不是随口而出，必是人为修饰的结果。也就是说，诗歌正是以这种明显的人为刻意对语音的修饰结果，引起受众在听觉上的高度注意力，从而使诗歌比散文更具艺术的吸引力和感染作用。

当然，如果节奏全如传统五七言诗那样，千篇一律（注意，这成语中的"律"字，不就是规律、节律、格律之义吗）地写下去，甚至几百几千行的诗都如此，则规整过度，必成呆板，不仅束缚内容表现，也失去了生动变化之美。

所以，还是应掌握重复与对比、规整与变化的度，关键是让其与诗文所要传达的内容感情相适合。

这才是诗人艺术创造的水平所在。

（2020 年 5 月 30 日）

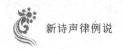

有时需要"乱弹"

一般的共识，中国古典诗歌韵律的主要特点，是节奏重复。包括音节重复、节拍重复、诗句重复、韵色重复，以及后来发展出的平仄声调组合重复。举例如下：

关关 / 雎鸠，
  V   V
（重复 重复）
     V
（重复）
在河 / 之洲。
  V   V
（重复 重复）
     V
（重复）

即首先由两个音节（字）的重复构成一个节拍，再由两个这样的节拍构成一个诗句（行）。

而全诗又是由这样的诗句的重复构成。也包括首行与各偶数行尾音节韵色的重复（押韵）。

重复（反复、复沓、对偶、骈俪）应该说是全球各民族诗歌的共同修辞手段。主要原因是：

第一，简单重复构成声音的对称。这种对称符合自然和人类自身的结构运动特点，因而容易引起人们的心理共鸣。比如，日月周而复始，人体手足成双，走路左右为一步。中国晋代文艺理论家刘勰在《文心雕龙·俪辞第三十五》中就认为"俪辞"——即对偶的文辞，其根源是："造化赋形，支体必双，神理为用，事不孤立。夫心生文辞，运裁百虑，高下相须，自然成对。"

第二，只有不断重复一个声音节构，才能形成鲜明的、可使听者突出感受的非自然的、人为形成的节奏，使诗成为一种明显区别于随意而言的散文的文体。

第三，重复的声音可以突出、加强诗所要表现传递的情感，起到增强文字感染力的作用，即修辞上所谓复沓的手段。

最后，重复可以加深印象，因而易吟易记。这也是诗歌比散文更易传唱的原因。

但我必须强调的是，艺术表现的手法中，与重复同等重要的，甚至可说比重复更基本的手法，还是对比，即把不同质或不同量的元素放在一起，引起视觉或听觉的差异感受，形成张力的美感。

比如绘画中不同色彩的排列，音乐中不同音程的组织等，都是对比的艺术手法。应该说，对比是表现客观事物和主观情感的根本手段。没有明暗色彩就无绘画，没有高低音就无乐曲。

诗歌同样如此。即便如四言诗那样音节完全对称、节奏完全重复的早期诗歌，其中也是包含对比的，在节奏上那就是声音的有和无的对比。比如诗句：

关（小停）关（大停）雎（小停）鸠

汉语每个字（音节）发音，都有一个标示开始和结束的，虽然其时间

很短暂，但却是清晰存在的，以使每个单字互相区别的声音界线。这必然导致前一个字（音节）与后一个字之间，存在一个没有声音的停顿间隔。正是这个无声的停顿空间，与音节发音的时间，形成了有声与无声的对比，才构成了鲜明的节拍。

而在"关关"这个双音节节拍，与"雎鸠"这个双音节节拍之间，则有一个比上述节拍内停顿时间更长一些的停顿（大停），以此区别开两个双音节拍。这个较长的停顿的无声，不仅与前后四个音节的有声形成对比，也与两个双音节拍内部的停顿（小停），形成对比。所有这些对比，及反复进行对比形成的重复，才使听者感觉出由声音的有和无规律发生而构建的节奏。

因此我们可以说，对比是区分和显现事物的根本手段，也是节奏成立的前提。比如，如果声音没有停延断续的对比，也不可能形成重复与节奏。

实际上，重复只是同样类型的对比的再现而已。

中国古四言诗，正是以两个同样类型的双音节对比的节拍重复为节奏特征。而到了五七言时代，则吸收了民间诗歌的非对称的三音节拍型，与双音节的节拍形成强烈的对比，因而增加了诗句的不稳定性，一改四言诗完全重复的呆板，形成跳跃的动力，使诗更具歌诵的美感，最终取代了四言诗。

但从总体上看，五七言诗的各句之间，仍然是完全的节奏型重复。直到词的出现，才打破了完全重复的句式，开创了更加生动活泼的节奏。可惜文人们又将此节奏固定为公式——词牌，无论什么内容感情，都套用其中，使节奏失去了表现不同诗歌内容的作用。

今日白话自由体新诗打破了古代诗律词牌，为诗人充分利用语音节奏表现内容感情提供了广阔空间。

比如，虽然诗歌应尽量以较规整的节奏重复突显与散文相区别的歌诵性，但在表现诸如激越、失控、热烈、巨大起伏之类的情感时，也不妨

"乱弹"，即故意造成不平衡、不稳定的，甚至零乱的节奏。

举诗为例：

飘雪，（2）

故乡的 / 小屋，（3—2）

塞满了 / 长长的 / 叹嘘。（3—3—2）

唯寒梅 / 与雪花 / 共舞，（3—3—2）

禁不住 / 冷风 / 呼呼。（3—2—2）

采一树 / 雪花 / 寒梅，（3—2—2）

将 / 思绪的 / 心 / 添补。（1—3—1—2）

以后的 / 岁月里，（3—3）

无论 / 身在 / 何处，（2—2—2）

时时的 / 在心中 / 起伏。（3—3—2）

故乡的 / 小屋，（3—2）

飘雪，（2）

寒梅，（2）

一起 / 与 / 起伏的 / 心胸 / 共舞。（2—1—3—2—2）

——冰雪《飘雪，故乡的小屋》

　　这首小诗节奏比较简洁统一，基本以 3—2 节奏型为主调，适当予以间错变型。但值得注意的是，第二段和第三段末句，都是作者写到心潮时改变了节奏，增加了独立的单音拍 "将" "心" "与"，并让其组织成无规律句型，造成不规则、零乱的声音效果，以表现心情的起伏激动。

　　我不知作者是有意为之，还是凭直觉的创作。但无论如何，这样的

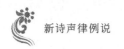

"乱弹"型节奏，都恰当地传达了作者的思想感情，让节奏真正成为了表达内容的艺术手段，而非僵死公式。

再看一段本人的诗例：

第一次 / 湿了心（3—3）
第二次 / 只 / 湿了脸（3—1—3）
逝去的 / 时光 / 淘汰 / 色彩（3—2—2—2）
衰老的 / 唯有 / 片片 / 严寒（3—2—2—2）

——《二雪》

为了表现本人对第二次降雪的极度失望，在相当规整的句式中，插入第二句的夹杂单音拍的变型节奏，吟诵起来似有哭泣的顿挫感觉。

不信，我们可以把单音拍"只"字去掉：

第一次 / 湿了心（3—3）
第二次 / 湿了脸（3—3）

诗句语义并不受根本影响，但其节奏，在句内是3—3的节拍完全重复；在两个诗句之间也形成了完全重复。声音效果无疑非常平衡稳定了，有如平铺直叙，失去了原句激动的起伏色彩。

（2020年9月3日）

三音拍的跳跃性

三音拍，即由三个音节（三个字）构成的诗歌节奏单位。

现代语言韵律学认为，汉语的基本韵律单位只能是两个音节的双音步（音步是从西方引进的语言节奏单位名称）；而将单音构成的音步称为残音步；三个音构成的音步叫大音步或超音步。

中国上古汉语——主要是甲骨文、金文、简牍中留存的书面语而非已消失的口语，是以单音节词汇为主的语言（注意，现在也有学者认为上古汉语可能是复音节文字，即一个字有双辅音，正如今日许多方言那样）。我觉得，这很可能与当时书写工具落后，造成书写困难有关。

但在最早的诗歌韵文中，却以双音节的联合构成节拍单位，再以两个这样的节拍构成诗句，作为主流诗句节奏。最典型的就是《诗经》中占绝大部分的四言诗：二字（音节）构成一拍，二拍组成一行（句）。

这当然与人类有追求声音的对偶、对称、平衡、稳定的感觉的天性有关。而后来，这种追求在书写便利之后，无疑在促使汉语词汇由单音向双音为主转变中，起了巨大作用。

单言和三言，在上古诗中不是没有，但只是偶然现象。到了五七言诗时代，才出现了"三字尾"，即在二言或四言之后，增加了一个三言结构。后来在词曲中，甚至出现了大量的单言拍。

三言结构的出现，打破了四言诗句两个对称的二言拍形成的超稳定呆板节奏，增加了诗句的节奏变化，当然也增加了表现力——多一个音节（字），无论内容还是声音上，都更扩大了变化的空间。

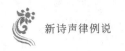

但在吟诵诗句的声音节奏上，汉语基本节拍（音步）是双音的规律，仍难改变。比如五七言诗的三言尾，总是被吟成一个双音拍加一个单音；而为使这个单音成拍，又必须拖长音，或在其后加半个空拍。举例如下：

五言：

明月 / 出天 / 山 0
  ∨   ∨   ∨

七言：

天门 / 中断 / 楚江 / 开 0
  ∨   ∨   ∨   ∨

这样我们就会发现，如果不从书面文字，而以吟诵节奏来看，五言诗每句共有三拍，而七言诗则有四拍。所以从全句节奏上说，七言诗句属于对称节奏型；五言属于非对称节奏型，因而更具不稳定性。这恐怕也就是诗论家认为五言诗"气促"的原因所在吧。

当然，在后来的词曲中，三言结构也有连读不拆分的情况，尤其是三言在句首或句中时。比如词牌《摸鱼儿》首句，以辛弃疾词为例：

更能消 / 几番 / 风雨
  ∨   ∨   ∨

其中"更能消"三字，是要连读成一拍的。这一现象无疑是与唐宋后口语入词曲相关的。

而在今日自由体新诗中，由于完全以口语入诗，三音拍的比例更是大增。其与古诗中三言结构的根本区别，就是必须连读，而不能分拆成一个二音拍加一个单音拍。

　　既然三个音连读成一拍，三个音的时值就很难完全相等，类似于音乐中的三联音，全拍在声音上呈现非对称的不稳定性。因此我们可以将三音拍称为非对称拍。

　　三音拍这种音节非对称的不稳定声音特性，可以在诗中形成节奏快速、跳跃、向下进行的倾向性等效果。因此，恰当地使用三音拍，可以有效地表现激动、热烈、快乐、不稳定等类型的情感色彩。请看下例：

> 那么 / 多的风 / 止于雨（2—3—3）
>
> 那么 / 多的 / 梧桐树 / 又站在 / 路边（2—2—3—3—2）
>
> 挥舞着 / 细长的 / 手臂（3—3—2）
>
> 可是我 / 画下的 / 那两间 / 矮屋子（3—3—3—3）
>
> 还没 / 来得及 / 刷上 / 雪白的 / 墙壁（2—3—2—3—2）
>
> 　　　　　　　　　　　　　　　　——林珊《旧时》

　　全诗段共五行 20 拍。其中 12 个三音拍，占一半以上。尤其是第四行作为诗意转折处，全句连用四个三音拍，造成急促的声音跃进，如一波波激流，表现了诗人看见故居的紧迫激动心情。

　　当然，诗人可能只是凭直觉而作，但却是成功的创作。不信，我们可以改动一下，把诗段中能改又不影响诗意的那些三音拍，都换成对称稳定的双音拍：

> 那么 / 多的 / 风雨
>
> 那么 / 多的 / 梧桐 / 站在 / 路边
>
> 挥舞 / 细长 / 手臂
>
> 可我 / 画下的 / 两间 / 矮屋
>
> 还没 / 能够 / 刷上 / 雪白 / 墙壁

再吟诵几遍并和未改动的原作对比一下，就会明显感觉出，语音更缓慢沉静了，原来那种激动的情绪弱多了。如果说原诗是心中的呐喊，改成对称拍为主后，就变成了平缓的述说。

由此，我们就不难体会出三音非对称拍的跳跃性了。在诗中恰当地使用三音拍，无疑可以更准确、更有效地表达不稳定的跳跃情感和意境。

（2021 年 1 月 16 日）

三音拍的强调作用

汉语节奏的基本节拍，也叫拍子（即西方韵律学中的音步），是由两个音节构成的二音拍。

这在中国传统诗词曲赋及说唱韵文作品中，表现非常突出。即两个音节组成的"二言"结构，是它们的基本节奏单位。最典型的就是上古诗歌总集《诗经》中那些每句二拍、每拍二字的四言诗，以及古文赋中的以二音拍构成的四六句，即双音节和句式对称的所谓"俪辞"。

从词汇学角度看，上古汉语以单音节词为主。这既可能有语源学上的原因，也可能和上古时书写工具原始，因而书写困难有关。

但从语言的语音韵律上看，从语言产生之日开始，追求双音在听觉上的对称平衡，就应该是一种自然趋势。这恐怕也成为书写工具改善后，汉语词汇迅速向双音节发展的重要原因（当然，也有学者认为，汉代佛教传入中的译经活动亦有重大影响）。可见语音韵律在语言发展中的作用。

之所以两个音节（字）才能构成一个节奏单位，是和自然规律相契合的。正如南北朝时大文艺理论家刘勰在《文心雕龙·俪辞第三十五》所言："造化赋形，支体必双，……高下相须，自然成对"。也就是说，自然总是成双平衡，人也生而有求对偶的天性。俗话说，单音不成乐，只有至少两个音组成对比与重复，才能形成节奏。

今日汉语韵律学正在兴起。专家们的基本共识是，双音节是汉语基本韵律词（所谓韵律词，就是不受语法限制的、常由语言习惯组成的节奏性语音串），或借用西方语言韵律学术语，叫作基本音步。单音节韵律词叫

残音步（半音步），常需补足半个空拍，才能完成韵律功能。而三个音节构成的韵律词，叫作大音步或超音步。我宁愿使用我们先人早就使用的节奏单位名称"节拍"或"拍""拍子"：两个音组成的叫"双音拍"或"二音拍"，它是汉语的基本韵律单位；一个音的叫"单音拍"，三个音的拍子叫"三音拍"。

汉语韵律学家认为，韵律单位（音步）不可能多于三个音节。汉语中那些四个音节或五个、六个音节构成的词语，不论语义如何，在语言节奏上，总是被拆分成若干个由单音、双音或三音组成的节拍。

上古汉语四言诗只由双音节的基本音步（节拍）组成。每两个音节构成一拍，每两拍构成一句。这种以二为单位的节奏特征，在韵律学上叫作"二分原则"。即，音步（节拍）至少由二个音节构成，诗句至少由二个音步（节拍）构成。

这种成双要求，当然因为韵律是基于人与自然的内在对偶规律。中国古人早就注意到了这种语言韵律问题，除了上面说的刘勰关于对偶俪辞论述外，唐人孔颖达在《毛诗正义》中解释《诗经·召南》中"羔羊之皮"时就指出，羔与羊本同义，二字兼用，只是为了"协句"；而"禽兽"同用，也是为了"足句"，即凑足音节而已。后来，羔羊、禽兽都成了双音节词汇。可见韵律在诗歌和语言发展中的作用。

但这种对偶、对称的节奏，具有强烈稳定性。由其构成的四言体诗歌，庄重平衡有余，激情变化不足，适合上古贵族庙堂社拜郊祭等场合，却难以充分表现喜怒哀乐、爱恨情仇等丰富情绪。于是才发展出了五七言诗，乃至后来词曲的节奏变化。

五七言诗句，不过是在双音节的节奏型诗句之尾，增加了一个三言结构，即诗行尾的三音节组。如：

五言诗：

明月 / 出天山（2—3）

七言诗:

　　朝辞 / 白帝 / 彩云间（2—2—3）

　　这个三言结构，无疑与前面对称的双音节拍形成了对比，因而增加了诗行中的节奏变化。

　　要说明的是，在吟诵节奏上，这个三言结构可以有两种读法:

　　一种是按基本韵律节奏，读成 2—1:

　　出天 / 山 0（2—2）
　　　Ｖ　　　Ｖ

　　（注: 0 表示空半拍。Ｖ号表示一拍，即一个音步，每个字占半拍时值。）

　　即按现代汉语韵律学划分音步的方法，由左向右每二音节为一步（音步的右向二分原则）；最后剩余的一个音节"山"字，是所谓"残音步"，为凑足一个音步，必须增加半个空拍，或适当将"山"字拉长。这种严格遵守韵律节奏的吟诵法，应该说在古诗词中是大多数情况。今日快板书、数来宝等说唱艺术，仍沿用这种节奏。

　　当然，这种严格韵律节奏的全篇吟诵，会有呆板之嫌。因此在某些关键处予以改变，才真正展现出了三言的变化之美。比如，在律体绝句的四句"起、承、转、合"的第三句转折（类似音乐中的高潮）处，人们会因诗歌感情意绪的突变，而不再遵守二音成拍的原则，常将句尾的三言结构吟成一拍:

　　朝辞 / 白帝 / 彩云 / 间 0,（2—2—2—1）
　　　Ｖ　　　Ｖ　　　Ｖ　　Ｖ

千里 / 江陵 / 一日 / 还 0。（2—2—2—1）
∨　　∨　　∨　　∨

两岸 / 猿声 / 啼不住，（2—2—3）
∨　　∨　　∨

轻舟 / 已过 / 万重 / 山 0。（2—2—2—1）
∨　　∨　　∨　　∨

这样，由于第三句的三音拍"啼不住"连读，要在与前面二音拍相等的时值内读出三个音节，不仅语速必然加快，而且由于一拍被三个音节瓜分，类似音乐中的三连音，给人一种不稳定的，急速向下进行的动力感，可以突出表现诗意的高潮与转折。

其实，以上两种节奏吟诵法，不论是分拆为2—1，还是连读成三音拍，这种可以进行变化的读法本身，就已说明三言结构具有不稳定性。即使拆分成2—1，虽然最后一个音节，为足拍要加空半拍或拉长音，但仍然不是一个标准稳定的二音节拍。这也是五七言诗必然比四六言诗节奏丰富，具有变化之美，因而最终取代后者的原因所在吧。

到了宋元以后，随着口语进入词曲，连读的三音拍大量出现，不仅在诗句尾，也出现在了诗句句头或句中，更增加了节奏多变之美。比如词中有：

恨如新，（3）
新恨了，（3）
又重新。（3）
看天上，（3）
多少 / 浮云。（2—2）

　　　　　　　　　　——辛弃疾《上西平·送杜叔高》

东风 / 夜放 / 花千树，（2—2—3）

更吹落 / 星如雨。（3—3）

——辛弃疾《青玉案·元夕》

曲里有：

都道是 / 金玉 / 良姻，（3—2—2）

俺只念 / 木石 / 前盟。（3—2—2）

空对着 / 山中 / 高士 / 晶莹雪；（3—2—2—3）

终不忘 / 世外 / 仙姝 / 寂寞林。（3—2—2—3）

——曹雪芹《终身误》

而现代自由体新诗勃兴之后，打破了传统的格律公式，完全以口语入诗。于是，尽管从汉语韵律学上看，双音节词仍是普通话口语节奏的基本韵律单位；但单音节词和三音节词也大量出现在新诗中。其中三音节词或词组合，也不再按传统韵律拆分成 2—1，而是大多连读为一个三音拍。因此，其与二音拍不同的节奏特点，在与二音拍的对比中，也就更突现了。

由于汉语是单音节语言，为了使语言在听觉上具有节奏感和可辨析性，人们在说话时，总是倾向于每两个音节构成一个节拍，这正是汉语基本韵律单位（声步）是双音拍的原因；而语言中那些必须连读出来的三音词或词组，也大致占用和二音词基本相同的一拍时间。

因为要在相同时间里读出三个音节，三音节拍的速度，自然要比二音节快一些。而且，三个音要同占一个时间段，不可能每个音的时值完全相等。于是三音拍与二音拍相比，节奏特点就是非对称的不稳定性。

这种声音节奏特点，在平衡稳定的二声拍对比下，可以突出表现诗意或感情的强调作用。比如下例：

你说：/ 将去 / 异国 / 他乡（2—2—2—2）

你说：/ 将去 / 寻求 / 梦想（2—2—2—2）

可我 / 没握 / 你的手（2—2—3）

也没有 / 为你 / 祝福（3—2—2）

因为 / 你没有 / 说再见（2—3—3）

在那个 / 早晨（3—2）

阴雨 / 绵绵……（2—2）

——《告别》

　　诗段中共 21 拍，只有 4 个三音拍，都是在诗中表现感情强调的地方。如果我们把这些三音拍全改成对称的二音拍：

你说：/ 将去 / 异国 / 他乡

你说：/ 将去 / 寻求 / 梦想

可我 / 没握 / 你手

也没 / 为你 / 祝福

因为 / 你没 / 说声 / 再见

那个 / 早晨

阴雨 / 绵绵……

　　虽然语义没变，但若吟诵几遍并与原作对比一下，感觉会很明显，原来三声拍的那些紧张急促的沉重语调，就淡多了，变成了平平的叙述，而不再是带着强调语气的责备了。

（2021 年 1 月 17 日）

三音拍的加速与减重

三个音节组成的拍子（音步），和二音拍共同构成新诗中的主要节奏型，这与新诗白话性质有关。

三个音节在一个拍子中，必然形成不对称的、不稳定的声音感觉，正与两个音节的二音拍稳定平衡相反，形成节奏对比。

三音拍因为不稳定，常可表现急促、跳跃、轻快的情绪。这种加速，甚至可以减弱汉字第四声调的沉重确定性。

汉语第四声是一个直线下降声调，像一把锤子重重敲在地上，声音短促沉重而确定。但其沉重程度却可因音节数量，即拍子性质稳定与否，而有变化。

我们举徐志摩那首著名的《沙扬娜拉》首句为例：

最是那 / 一低 / 头的 / 温柔（＼＼＼ ＼— / ＼ — /）

全句首拍连用三个第四声调字"最是那"，按道理应该让人听起来很重吧？但由于三个字组成一拍，都要吟诵得较快，感觉如一带而过地轻快，结果虽然第四声确定的色彩仍存，沉重却减弱了许多。这也很好地表现了诗人那亲切、认真又有些调笑的情感。

这完全是由三音拍不稳定和加速的声音节奏造成的。我们可做个试验，比如把这个三音拍换成两个对称平衡的二音拍，看效果如何：

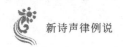

最是 / 那次 / 一低 / 头的 / 温柔（ ＼ ＼ ＼ ＼ ＼ — ∕ ＼ — ∕ ）

　　就会感觉沉重多了，原作那欢快的情调弱了，连续几个第四声调都要吟得很重。原因就是，两个双音节对称拍"最是""那次"，比三音节的"最是那"，减慢了速度。

（2021 年 2 月 7 日）

稳定终止和非稳定终止

　　任何运动都有终止。诗歌作为思想、情绪及其展现形式的语言，尤其是表达的语音，也必然有终止。即每个诗句，每个诗段，每首诗，都要有结束。我们称之为终止。

　　诗句、诗段、全诗的终止，在语音上应该根据内容感情的需要，选择不同的表现手法。这些手法，按类型可以分为两种：一种是稳定终止，一种是非稳定终止。

　　所谓稳定终止，即诗的语音在终止处圆满地、稳定地形成结束效果。这种效果，适用于表现确定的、明确而毫有余绪等意犹未尽的诗思和情感。要在声音上实现这种稳定终止效果，一般有如下手段。

　　一是对于有韵诗，肯定必须结束在韵字上。在音乐里，乐段或全曲的终止，原则上都要求落在主音上，因为只有这样，才能形成稳定的、和谐的、圆满结束的声音感觉。

　　诗同样如此。中国古诗每两句为一联，其中上句为初句，除位于全诗首句外，初句一般不押韵，以表示一联未完。而下句为对句，是必须押韵的，表示一联的结束。全首诗同样如此，最后一句诗也是必须押韵的，目的也是造成整首诗结束了的圆满声音效果。假如诗是分段的，比如有上下阙的词，上段的尾句，也是必须押韵的。

　　二是在节奏上，应该选择结束在对称稳定的双音拍上。这样才能形成确定结束的声音效果。

　　三是在结束的双音拍字调的选择上，第四声比第三声，第三声比第

133

一、二声，更具稳定的结束效果。因此，应尽量选择第四声或第三声的字。

与上述稳定终止相反，不押韵（只适用于诗段）、选择三音拍和第一、二声调，则可以造成非稳定的终止，适用于表现意犹未尽的、诗思情绪绵延不绝的内容。

我们举例来看：

爱 / 银水 / 绵绵 / 不断

望 / 情火 / 云聚 / 云散

问 / 人生 / 何以 / 苦短

怎堪 / 销魂

鹊桥 / 一见？

——《辛卯七夕》

尾句"鹊桥一见"是典型的稳定终止。两个双音节对称拍，平衡稳定，"见"字第四声，短促确定。虽是问句，声音上却戛然而止。表现的是一种不见不散的决绝心情。

若改成非稳定终止会如何呢？比如尾句改成：

鹊桥 / 再相见？

则三音拍"再相见"的急促与跳跃性，让拟问句真变成了问话语气，后面显然还未结束，而是需要有无言的回答。原作那坚定决绝的声音效果已没有了。

如果再换成第一声的字调：

鹊桥 / 两相欢（\ / ∨ — —）

则语意未完结而向下进行的声音感觉，就更浓了。

我们再来看一个使用不稳定终止的诗例：

　　难忘你的笑
　　难忘你的恋
　　难忘言欢酒色红
　　难忘云台水漫漫
　　匆匆 / 又一年

——《命运恩典》

最后一句"匆匆又一年"虽结束在韵字上，但由于是三音拍，节奏上具有不稳定性，仍似有向下进行的感觉；且最后的"年"字是第二声，声调轻扬辽远，因而明显属于不稳定终止。这当然与诗人要传达的追忆叹息之绵延情思相符，因此是恰当的。

不信我们将最后一句作些改动，使之具有稳定终止的声音效果：

　　又匆匆 / 一年

双音拍"一年"，在节奏上比三音拍"又一年"，显然稳定平衡了许多。但第二声仍有绵延轻扬不绝的音色。或者干脆改成下句：

　　已是 / 时光 / 荏苒

不仅节奏上结束在对称稳定的双音拍上，而且"荏苒"二字都是第三声，饱满稳定。吟诵起来，全诗结束的很圆满。但显然与原诗要传达的情绪不太合拍了。可见，根据诗作意境感情的需要，选择恰当的终止节奏和韵色声调，是非常重要的。

（2021 年 1 月 19 日）

让诗的终止余音不绝

诗歌的结束也就是终止，可以分两种类型。一种是诗思戛然而止，坚定明确，毫不拖拉；一种则是余音绕梁，思绪不绝。

为了反映这两种不同的诗意情思，我们可以选择不同节奏的语音音节和声调。

比如，二音拍的终止，声音上就比三音拍明确肯定。因为两个音节（字）构成的节拍，对称稳定，没有继续向下进行的感觉。三音拍则相反，由于不稳定，让人听着还有未完结的感觉。

而在字的声调上，若以四声中的第四声或第三声结束，则比用第二声和第一声稳定坚决。这是因为第四声是下降调，短促而坚决，是四声中最硬的。第三声虽时值最长，但声调曲折含蓄，也容易形成迟滞稳定的声音效果。反之，第一声和第二声，则都比较绵长，没有那种第四声戛然而止，或如第三声的含蓄不前的感觉。尤其是第二声，其轻扬悠长的声调，更显不稳定终止的思绪绵绵。

我们来看一个诗例：

女神
今天　我深感
迷惘

你台下清澈的海水

已经开始肮脏

你美丽高昂的身影

不再令人神往

你左手紧握的《独立宣言》

瞬间化为虚妄

你右手高擎的自由火炬

顿时暗然无光

你宽大的长袍里面

是官僚资本在交易分赃

你脚边砸碎的枷锁镣铐

变成了禁言封号的互联网

女神

今天　　你让人

失望

深深的

失望

　　　　　　　　　　　　　——张维理《女神》

　　这是一位华人批判此次美国大选的小诗。其主题思想和语言意象，不是我们这里关注讨论的问题。也用不着去探究诗首与诗尾三分行加空格的节拍排列之理由——其实没啥理由，只是书面视觉游戏，或许因奇特能吸引眼球而已。你完全可以不管它，结尾直接读成自然句式：

女神

今天你让人失望

深深的失望

我们现在只看诗的结尾"失望"二字。这是由两个字构成的双音节，属于稳定节奏型拍子，吟诵起来两个字声音的时值相等，因此对称平衡，没有跳跃和不稳定倾向。

而在声调上，"失"是第一声高平调，"望"则是坚定、短促、确定的第四声去声调。两个音节声调由高而急速向下，重重落在"望"字上，给人断然而止的感觉。

于是，无论从节奏上听还是从声调上听，"失望"二字，加上归韵，无疑都让全诗的结束构成了稳定中止。

但我们若通读全诗，就会体悟到，这种稳定的结尾，其实并不符合诗人所要传达的诗意情感。诗人虽对美大选透出的种种肮脏痛心，但仍是一种质疑、不解，而非绝望。可见，让诗意结束在稳定终止的"失望"二字上，声音戛然而止，就完全成了决绝的、不再对女神抱任何希望的声音效果了。

要让结束的声音多些余音，以增添诗止而言未尽的感觉，就应设法调整最后一拍的节奏与声调，让它形成非稳定中止。

最简单的办法，是将诗首第三行的"迷惘"与诗尾的两个"失望"对调。这样，诗意上从表达自己的失望感情开始，最后归结为疑惑造成失望的原因，形成一种对自己深恋对象失望而不决绝的合理逻辑。

更主要的是，全诗结束在第二声轻扬的"迷"，和第三声饱含情感的"惘"字组合上，虽仍是二音节对称拍，但声调上已经似有余韵，而不像"失望"二字那样绝断无情了。

当然，若能将"迷惘"，干脆改为两个第二声调的字"迷茫"作全诗的结止，听起来就更具悠悠余味了吧？

（2021 年 1 月 21 日）

汪国真诗作的声律

汪国真多才而勤奋，是 20 世纪无数少男少女喜爱的诗人，可惜英年早逝。

我认识汪国真的时候，是 20 世纪 80 年代中，那时他还未成名，正周旋于各报刊社，争取刊发他的诗作，因此也常来我任编辑的杂志社。但因我们众男编辑总觉他的"哲理格言诗"鸡汤味太浓，缺乏 80 年代正盛的批判性思想深度，所以交往不多，只是流于见面打招呼的关系。唯有社里一位刚出大学校门的美女对他崇拜不已，编发了他的一些诗作。

后来他在文化艺术出版社编辑《中国文艺年鉴》，我曾为出版拙作《新诗声律初探》去拜访他。但他似乎对新诗音韵节奏等声音形式规律研究不太感兴趣。

90 年代后，还有过数度谋面。比如我在高教部《神州学人》杂志短暂帮忙时，他家住在西单附近，因此上下班几次相遇，不过也就是相互招呼，客套性问候几句而已。又如 1998 年时，我在中国改革报社做《中国改革》杂志主编，他曾来我社参加改革沿海行活动。

再后听说他苦钻作曲，给不少古诗词谱了曲子，以为会助他加深对诗歌声律的认识。可惜天不假年吧，听了一些他的作品，似乎尚缺音律的精进。

汪国真的诗，思维敏捷，意象新奇，哲理青春阳光。虽保留了用韵，但因不太重视声律细节，就常有一些韵律形式上的小瑕疵。我们以他一首诗的结束为例：

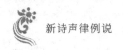

不是苦恼太多
而是我们的胸怀不够开阔
不是幸福太少
而是我们还不懂得生活

忧愁时，就写一首诗
快乐时，就唱一支歌
无论天上掉下来的是什么
生命 / 总是 / 美丽的（2—2—3）

——汪国真《生命总是美丽的》

其中最主要的瑕疵就是诗尾结束的三音拍"美丽的"。这个三音节拍子不仅让此诗的结束不够稳定，而且其中"的"字具有轻声倾向，放在句尾，为了表示终止，只好在吟诵时读成重音，让人感觉很不自然。

因为这首小诗表述的是作者要肯定的一种哲理，结尾并不需要使用余音袅袅不绝的三音拍带有向下进行的不稳定节奏；而更应该结束在稳定的双音节拍上。比如改成下面句式：

生命 / 总是 / 充满 / 美丽 / 诱惑（2—2—2—2—2）

再诵读一遍，就能明显地听出，全诗的结束充满了坚定不移的、宣告的节奏效果了。

另外顺便说一下，此诗第一段中二四行起首的两个"而是"，其声调组合，也选择得不够精到。"而是"两个音节是扬硬（ノ丶）声调组合，音调淡漠短促，缺乏感情色彩。其实如果换成同义的转折词"只是"，由于是软硬（ㄥ丶）的声调组合，其中"只"字的第三声饱满含蓄、富有热情，具有强调的声音效果，就更能表现作者要传达的意愿了。

可见"而是""只是"二者同义，如何根据表情达意的声音色彩需要进行选择，是诗人应具备的艺术素质。

（2021 年 7 月 19 日）

第 3 章　韵色

韵色与情境

诗是韵文体裁之一种，因此传统的诗，无论中外都是要押韵的。

所谓韵，对于汉语来说，就是语言的每个音节（字）中结尾的元音。英语等西方诗歌中的韵，不光是元音，也经常以 k、t、p、s 等辅音构成押韵。其实上古和中古汉语也有用 k、t、p 作尾音的音节，称为入声字。

总之，传统诗歌所谓押韵，就是下一诗句结束音节（中文的字或西文的词）中的尾音（可以是元音也可以是辅音），与上一诗句的结束音节中的尾音相同或相近。

现代汉语，尤其是普通话中，由于已没有了辅音结尾的入声字，所谓押韵就全部是以元音或鼻音相押了。元音和鼻音，在听觉上比辅音更响亮，更接近乐音。因此汉语诗歌的押韵，比英语诗歌的押韵更具有音乐色彩，更动听。这个语言特点是值得我们骄傲的，也是应该在诗歌这一文学体裁中加以利用和发扬光大的。因此我才反对所谓无韵诗，那不过是散文分行书写而已。

以上是韵的语音学含义。从物理角度看，韵的实质，是语音中音色的和谐。语音与所有声音一样具有三个要素：音高（振动频率）、音强（振动幅度）、音色（内含谐波特点）。其中音色是最复杂的，因为世界上几乎不存在单一振波的声音，也几乎没有谐波完全相同的声音。这也是语音可以像指纹一样表明每个人身份的原因。

押韵就是在诗句的末尾使用谐波即音色相似的音节（字），来构成合谐的声音。

押韵在诗歌（中国传统中广义的诗即韵文，还包括辞、赋、词、曲等体裁，以及近代的快板、戏剧唱词等）中的作用主要如下。

第一，让诗歌音色统一。韵在诗歌中类似于是音乐中的主音。乐曲的开始和结束，一般都是从主音起又结束在主音上，而且每个乐句也都围绕主音运行，或再现主音，或和主音构成对比关系。诗也如是，因此可以使之形成音色的统一，读起来不让人觉得散漫。这正是诗歌与散文的最大区别。

第二，让诗歌韵律节奏鲜明。节奏是诗与散文的另一重要区别。所谓节奏，就是对比与重复的有规律运动。诗歌中的韵句与非韵句在句尾音色上形成对比；而韵句与韵句之间则形成音色的重复。这种对比与重复在诗中有一定规律地出现，就构成了诗韵鲜明的节奏，读起来悦耳动听。

第三，让诗篇完整稳定。音乐之所以要结束在主音上，就是要形成稳定完整的全曲结束的听觉效果。诗韵作用同样如此。一首有韵诗（由两行以上押韵的诗句来表明），如果最后一句尾音不是落在韵字上，听觉上就不完整，不稳定，没有诗篇结束的感觉。

第四，让诗歌易诵易记。押韵形成诗篇和谐统一的音色，以及鲜明的节奏，无疑就会在听觉上悦耳动听，人们不仅爱读，而且顺口顺耳，也就比散文容易记忆了。

中国古代诗词赋曲都是押韵的。因此关于诗韵的研究可谓汗牛充栋。但主要集中在两个方面。

一是韵式，即押韵的方法。比如句句押韵的排韵，两句一押的偶韵，两句一换的随韵，单数句互押和偶数句互押的交韵，以一、四句互押和二、三句互押的抱韵，等等；还有富韵、密韵等区别。

二是韵部的划分及其演变，构成古音韵学的主要内容。此研究实为汉语语音的历史演变，只是因为古音早已灭失，只好以历代诗歌韵文作为音韵线索。

但真正涉及韵对诗歌的作用之分析，却几乎没有。特别是字韵即音色与诗歌表达感情之间的关系，似乎只有清代词论家周济曾予注意。他在《宋四家词选目录序论》中就对不同韵色的感情特点做了简单描述，他说："东真韵宽平，支先韵细腻，鱼歌韵缠绵，萧尤韵感慨。各具声响，莫草草乱用。"

这就涉及了字韵音色的不同感情及在诗歌中有意识应用问题。

我们知道，声音之所以能成为音乐艺术表达感情的手段，是因为声音的高低（频率）、强弱（振幅），及其谐波组合，可以让听者产生某些情境的联想与共鸣。这种联想与共鸣有两个基础。

一是人类身体尤其是神经系统进化中形成的对声波的谐振性质。比如实验证明，在母腹中的胎儿，也会对不同的声音产生不同反应。

二则主要是人类共同的社会生活形成的，对不同声响具有大体相同的感受共性。比如洪亮的声音让人精神振奋；低沉的声音让人压抑消极；钢琴的音色激越明快；二胡的音色忧郁徘徊；等等。如果没有这种由共同社会生活形成的，对音响感情色彩的共性感受，音乐就不可能被多数人理解了。

语言中的字韵音色，虽没有音乐那么复杂丰富，却也具有不同的特色，如清代周济所说，"各具声响，莫草草乱用"。

自由体新诗的押韵，是按现代汉语普通话的韵类在听觉上相近原则押韵的。大致可分如下韵部：

啊韵（a）、嗳韵（ai）、安韵（an）、昂韵（ang）、嗷韵（ao）、歌韵（e、o、uo）、威韵（ei、ui）、音韵（in、en、un、ün）、英韵（ing、ong、eng）、欧韵（ou、iu）、衣韵（i、ü）、耶韵（ie、ue）、屋韵（u）、资韵（i- 与 z、c、s 相拼）、知韵（i- 与 zh、ch、sh 相拼）、儿韵（er）

那么，上表列出的十六类韵，有些什么声音色彩上的感情差别呢？

我们知道，一个声音的音色，首先给人的感觉是共鸣程度。下面我们

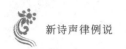

就按这些韵在共鸣上的特征将其分为几类。

第一类：啊韵（a）；嗷韵（ao）；歌韵（e、o、uo）；欧韵（ou、iu）；屋韵（u）。

共八个韵母，涉及五个韵部。它们的共同特点是发音时口腔体积较大，共鸣较强，因而音色比较饱满、浑厚，给人一种热烈、宏大、深厚、充满热情的声音感觉。

第二类：嗳韵（ai）；威韵（ei、ui）；耶韵（ie、ue）。

共五个韵母，涉及三个韵部。它们的共同特点是，口腔发音时受到的控制较强，音色紧张、扁平、不开放。有一种受到压抑的、不悦耳的感觉。

第三类：安韵（an）；昂韵（ang）；音韵（in、en、un、ün）；英韵（ing、ong、eng）。

共九个韵母，涉及四个韵部。它们都是鼻音结尾的韵母，因而色彩平淡，略有冷漠辽远甚至凄凉的感觉。

第四类：衣韵（i、ü）；资韵（i–与 z、c、s 相拼）；知韵（i–与 zh、ch、sh 相拼）。

共四个韵母，涉及三个韵部。其共同特点是发音时口腔较小，音色比较单调，尖利刻薄，也有暧昧亲昵的色彩。

第五类：儿韵（er）

只有一个，是卷舌音。它在汉语文字中所占比例极少，但常可以儿化音手法辍在其他音节后面。其特点是音色含圆不清，给人一种近乎滑稽的感觉。

在诗中选择适当音色的韵字作为韵脚，可以更好地传达诗歌内容的情感或意境。我们且举毛泽东的词作《清平乐·会昌》为例：

东方欲晓，

莫道君行早。

踏遍青山人未老，
风景这边独好。

会昌城外高峰，
颠连直接东溟。
战士指看南粤，
更加郁郁葱葱。

全诗上阙四句全押嗷韵，音色浑厚饱满，充满了热烈情感；而且晓、早、老、好四字，在普通话中皆为第三声（∨），声调曲折，时值最长；于是音色与声调结合，在听觉上更具深沉的情绪，有力地表现了作者站在晨曦中，望着自己的战士行进时心中满满的热爱之情。

而下阙换韵，三个韵句押了鼻音英韵，且其中峰、葱二字为高平声调（—），溟字为轻扬的第二声调（／），于是音色上由上阙浑厚饱满热情，突然变为高亢辽远，意境由近到远，豁然开朗，情感由亲热低沉到望远高歌，韵色和声调的选用恰当地传达了诗作的内容。

诗韵音色的情感还可以白居易《问刘十九》为例：

绿蚁新醅酒，
红泥小火炉。
晚来天欲雪，
能饮一杯无？

此诗韵字"炉"和"无"在《广韵》中都属于上平声十一模韵部，王力先生拟音为 lu，读音应与现代汉语韵母 u 无甚差别；即使按高本汉拟音 luo，也属饱满含蓄、富含热情的韵色。总之，都表现了诗人对朋友亲密热切的期盼之情。如果不信，可试将此诗韵字调换成声音色彩较冷的鼻韵

母字试听一下（不考虑平仄律）：

> 绿蚁新醅浆，
> 泥炉火正旺。
> 晚来天欲雪，
> 能饮酒一觞？

　　虽然意思毫无变化，但原诗韵色中那种亲昵热切却没有了。由此可知，诗歌选择恰当的韵色，是可以更好表情达意的。

　　当然，上述诗例，在作者来说，更可能不是刻意为之，而是凭借直觉的成功。但我们却可以从这或许是偶然的成功里，总结出选用不同韵色、不同声调具有的音响感情色彩，更好地表达诗歌内容的规律，并应用到新诗创作中去。

　　我将这种现代汉语语音在自由体新诗中的构诗规律及其研究，称为新诗声律学。

（2020 年 6 月 3 日）

根据情境换韵

无论中外，传统诗歌基本上都是押韵的。区别在于，英法等拼音文语言可以押辅音；而汉语诗歌（至少是《诗经》以后），却完全押元音构成的韵母——这才是名实相符的押韵。

诗歌要押韵，因为韵就如音乐中的主音一样。一般乐曲都是由主音起，然后围绕主音变化演进，最后又回到主音。目的是使一首乐曲调性和旋律和谐统一，并最终形成稳定终止。

诗歌中的韵也如此，不同处是，乐曲主音是由相对音高即振动频率构成。而诗韵则是由语音中元音的相同或相近的音色重复形成。韵在诗中的作用在于：

一是让诗句和全诗的结束音，重复落在相同或相近的字韵上，形成声音上统一的听觉色彩和稳定的感觉。这种统一和谐的听觉，无疑比散文语言更能给人美的感受。而且，如果有韵诗最后不终止在韵句上，就会造成没有结束的不完美感受。

二是在音色上造成复沓的突出效果。复沓是一种常用的修辞手法，即通过反复、重复以增强语言文字的强调作用和感染力。而押韵正是以重复韵的音色，而实现的一种声音上的修辞方法，同样能起到表情达意的增强效果。

三是形成韵色上的鲜明节奏。节奏是诗歌区别于散文的重要体裁特征。诗句句尾韵字有无的交替出现，就构成了韵色的节奏。

四是让读者易诵、易记。

一首诗押同一韵有音色统一之效，但若诗篇较长，押同一韵也有音色枯燥之嫌，尤其不宜于表现复杂变化的情感。因此，换韵，即整首诗不押同一韵色，也成为有韵诗的重要表现手段。

一般来说，篇幅较短的小诗，多宜一韵到底，以便突出特有的韵色。但许多短小的民歌，却喜爱频繁换韵，这大概与随兴而歌的即兴创作方式有关。比如上古《诗经》中的国风部分，因为采集的均是各地民歌，换韵是大量存在的。

比如：

> 青青子衿，A
> 悠悠我心。A
> 纵我不往，
> 子宁不嗣音？A
>
> 青青子佩，B
> 悠悠我思。B
> 纵我不往，
> 子宁不来？B
>
> 挑兮达兮，C
> 在城阙兮。DC
> 一日不见，
> 如三月兮。DC

——《诗经·子衿》

三段就换了三次韵。大约都是根据作者的心情，尤其是每段首句尾音顺而下之吧。

现代民歌中换韵最频繁的当属我国陕甘一代的"信天游",基本上两句一换韵。比如陕北民歌《五哥放羊》:

正月里,正月正,A
正月十五挂红灯。A

红灯挂在大门外,B
单等五哥他上工来。B

古典诗中的长篇之作,为了表现丰富的内容感情,就更要用到换韵手段。如李白的《将进酒》全篇 25 句就换了六次韵;杜甫的《石壕吏》全诗 24 句也换了六次韵;而白居易的《琵琶行》88 句换了十七次韵。

换韵至少可以使全诗音色统一与变化兼具,声音上更丰富了。但换韵应如何进行,古人却没作研究,完全靠诗人的直觉创造。明代诗论家尤其重视诗的声音。七子诗社成员谢榛在《四溟诗话》中反复强调"诗宜择韵""作诗宜择韵审音"。但他们并未触及"择韵"的标准是什么,却可笑地根据儒家道德认为,字的音韵也有雅俗高下之分。

但我们却不能不承认,许多优秀的诗人,确实凭借自己的天分直觉,创作出了根据诗歌内容感情需要而恰当换韵的成功之作。

我们看白居易的《琵琶行》,全诗情感景色都很压抑凄苦,因此多以音色较冷的鼻声韵字和狭隘的舌尖舌面韵字为主,比如"客""色""船""盘""难""绝""歇""息""急""泣""湿"等。但当描写到琵琶女第一段弹奏时,却换用了"挑""幺""语""声""鸣"等响亮的韵字,展现了作者为演奏惊艳的心情,最后以"曲终收拨当心画,四弦一声如裂帛"的最响韵字终止弹奏描写,让读者真如听见弦崩金石一般。再后写琵琶女自述时,则多用"女""住""部""妒""妇"等色彩柔软饱满的韵字。而最后高潮部分写琵琶转急众人皆涕,换韵"立""急""泣""湿",声音狭隘凄苦,让读者

153

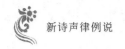

如临其境。

短小的词牌中，也有换韵的规定，大概是为入乐时的合声或转调吧。比如《定风波》，以苏轼词为例：

> 莫听穿林打叶声，A
> 何妨吟啸且徐行。A
> 竹杖芒鞋轻胜马，B
> 谁怕？B
> 一蓑烟雨任平生。A
>
> 料峭春风吹酒醒，A
> 微冷，A
> 山头斜照却相迎。A
> 回首向来萧瑟处，C
> 归去，C
> 也无风雨也无晴。A

其中上阙三、四句和下阙四、五句都换了韵。词牌《菩萨蛮》更是像"信天游"一样，规定两句一换韵。

换韵频繁就容易造成诗歌声调散漫的感觉。因此，像《菩萨蛮》这样两句一换韵的词牌，要写出韵变而气贯的作品是不容易的。

换韵与情境相合相契较成功的词作，还可举出辛弃疾的《清平乐·村居》：

> 茅檐低小，
> 溪上青青草。
> 醉里吴音相媚好，

白发谁家翁媪？

大儿锄豆溪东，
中儿正织鸡笼。
最喜小儿亡赖，
溪头卧剥莲蓬。

此词上半阕作者选用了热烈饱满含蓄的 ao 韵，恰当地表现了作者对村居之境之邻亲密热爱的心情。下半阕则放眼向屋外张望，以较冷色而宽广的鼻音韵勾勒了一幅恬淡清凉的画面。古人这些根据情境换韵的成功之作，理应成为借鉴。

现在我们知道，声音除了在生理上可划分为和谐的乐音与不和谐的噪音外，本身并无道德层面的高下优劣。而且，从人类语言发展史来看，那些早期语言中可能存在的过度不和谐噪音，会逐渐被淘汰。我们汉语表现的尤其明显。元明之后，原来汉语中许多音节尾带爆破音、摩擦音、塞音等不悦耳的辅音音素的"入声字"，在官话中逐渐消失了，现代汉语普通话的音节全由元音或鼻音结尾。结果是语言的声音更响亮、圆润、悦耳了。这一点，你只要听听普通话与很多还保留辅音尾的方言之区别，就很清楚了。

可以说，因为没有辅音尾，加上音节简单，现代汉语普通话是世界语种中最具音乐色彩的语言。除了音节简单整齐，可形成语言的鲜明节奏之外，音节全由元音鼻音结尾，更使语言韵色明显突出，为诗歌押韵提供了最好的语音构诗元素。

汉语有如此好的构诗条件，如果我们不在诗歌中应用，反而去写与散文毫无区别的所谓无韵诗，说轻了是思想的散漫肤浅，说重了是对汉语之美的亵渎，对我诗国文明的轻蔑。

韵色虽不像古人认为的有好坏高下之分，但现代心理学认为，不同的

声音是能够引起不同的情感联想的。音色同样如此，比如二胡音色幽怨，钢琴音色激越，小提琴音色悠扬，等等。这种音色的情感联想并非个别现象，而是社会共同生活形成的人类心理共性。这也是音乐家可以使用不同器乐入声的不同音色，来表现不同情感的依据所在。

语言的韵色虽然没有音乐那么丰富，但也可以感觉出细微的情感差别。古人已注意到这一点。清代词论家周济先生曾在《宋四家词选目录序论》中，对不同韵色的感情特点做过简单描述："东真韵宽平，支先韵细腻，鱼歌韵缠绵，萧尤韵感慨。各具声响，莫草草乱用。"

现代汉语的韵母音色，至少可以根据响亮程度、冷暖色彩、宽窄感觉等予以情感的区别。比如：a、o、e、ao、uo、ou、iu、u 等韵较响亮，而随着喉音的增加，ao、uo、ou、u 等又比 a、e 韵色更热烈温暖。an、en、in、un、ing、eng、ong 等鼻音韵，音色听起来就比较冷淡，给人一种辽远平静的感受。而 i、ü、ui 和"资、兹、丝、知、吃、师"等舌尖舌面音的韵色，比较尖细狭隘，给人微小亲昵的感觉。

当然，如果细分析，同类韵中不同韵母仍有细微差别。

正是这些韵母的不同情感色彩，可以成为诗歌创作中用以表情达意的艺术手段。恰当地选择与诗人要传达的意象相符合的韵色，无疑会增强诗的表现力。

而在一首诗中，根据不同情境换用不同音色的韵脚，也能充分利用韵色形成更具表现力的作品。让我们看一个诗例：

> 我的容颜已不再美丽
> 你的温存已不再浪漫
> 相伴已有二十年
> 1+1 早已等于 3
>
> 那些别离和相思早已走远

生活渐渐平淡

我吊着你的胳膊散步

呵呵，这是已婚女人的习惯

2010 年，你的生日适逢七夕

牛郎织女于今日喜极而泣

我想我已没有什么东西可以给你

俗一点吧，蛋糕也是一种形式的记忆

裱花师傅技艺娴熟

那神情如此专注

我在橱窗之外惊叹

每一个创意里都包含祝福

小心地提着蛋糕回家

七夕的夜将温馨如画

传说的鹊桥只在天上

而人间，谢谢你陪我一起拥有它

　　　　　——心之约《2010，你的生日我们的七夕》

　　对这首小诗的语言意象如何，我们姑且不论。但值得研究的是，作者在五个诗段里，换了四个韵。

　　第一、二段用了 an 韵，其淡漠辽远的音色，恰与作者传达的浪漫已远，生活日益平淡的心情相契。

　　第三段换用 i 韵，那种突然又发现了两个人心底之爱的急切与亲密感觉，在 i 这个音色狭隘细密的韵上，表现得充分淋漓。

　　而后面两段，作者逐渐换用了越来越热情响亮的韵色：第四段用 u

韵，第五段用最响亮的 ɑ 韵，把两个人在七夕生日中感受的幸福高唱出来，使情感达于顶点。

作者这种换韵的创作，对于她的表情达意，无疑非常成功。

如果你怀疑我上面的分析，你可以将其中某段换押另外的韵字试一试。比如第三段，我们换成音色比较冷的鼻音韵母 en：

> 2010 年，七夕适逢你的生辰
> 牛郎织女喜极而泣满面泪痕
> 我想我已没有什么东西可以相送
> 俗一点吧，蛋糕也是一种记忆的感恩

虽然表达的心意与情感丝毫不比原作差，但吟诵几遍听听，音色上明显平淡多了，不似原作那样充满亲切的感觉。

我不知道作者是否有意为之，但至少她是以女人对声音的敏锐直觉，选择了与内容情感最契合的韵母音色，充分发挥了韵色的表情达意作用，使这首小诗在声音上成为成功之作。

我想，我们应该从这或许是直觉的成功中，总结出规律并善加使用，让韵色这个汉语构诗元素，在诗歌创作中充分发挥它的艺术表现功能。

（2021 年 1 月 19 日）

诗字韵色的选择

汉语音节（字）中的韵，其音色具有一定的感情色彩。在诗歌中选择不同的韵色，有助于传达诗所要表现的内容感情。这不仅表现在诗句的韵脚用字选择上，也应该在诗的所有音节上予以考虑。以作者的一首小诗为例：

西山叶暮使人愁，
一片胭唇一片秋。
寒鬓苍苍霜色重，
半坡红晕为谁羞。

——《题二英坡峰岭红叶照》

其中第一句里"叶暮"也可以写作"暮叶"，语意并无差别，都是说明秋天叶子颜色已沉暮，以深秋寓人生而已。但从听觉上细细比较，"叶暮"和"暮叶"还是有很显著的区别的。

我们知道，双音节拍的重音在拍尾。在"叶暮"中，较重较长的音肯定是落在"暮"字上，"暮"字为 u 韵，属于闭口元音，音色饱满含蓄，给人庄重而内敛深情的感情色彩。而改作"暮叶"，"叶"是开口韵 ie，读出的声音比 u 韵更响亮、更开放，色彩鲜明，但内含压抑的深情却减弱了。

正是这样音色上的差别，作者以为"叶暮"与"暮叶"相比较，更可

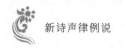

恰当地表现诗要传达的略带伤感的内敛沉重的心情。

可见，诗之遣词用字不仅要考虑诗意，同时也要根据诗意情感仔细选择字音韵色，使之能更充分更恰当地反映传达诗意与感情色彩。这是诗这一文学体裁的特质所要求的。

（2020 年 6 月 18 日）

"却"与"复"的韵色差别

从语音上看，汉语的音节（一般为一个字，古人称之为"言"），与西方拼音语言的单词（可能是单音节也可能是多音节）比较，一个突出的特点，是元音占主要地位。即在音节中，以单元音或复元音构成的韵母，在声音成分上占有更大更突出的比重。

当然，从语音学角度说，元音之所以称为元音，正是因为它的响亮、区别清晰和发音时间长，使其在语言发音中居于主要地位，而辅音则只处于辅助角色。因此，世界上的所有语言的语音，肯定都是以元音为主的。但在西方拼音语言中，由于存在复音节和多辅音，甚至辅音丛，尤其是大量的辅音尾，因而词汇中的辅音，其比重多数超过汉语单字音节中的辅音比重。

有学者认为——也有迹象表明，上古汉语也存在过双音节、双辅音和辅音尾；尤其是其中表现为所谓"入声字"的带有 k、t、p 爆擦辅音尾现象，在官话中一直延续到明清时代，在方言中则至今仍然存在。

但无可否认的是，古汉语至迟在《诗经》时代，以元音占优势的单音节，和多数音节以元音结尾，已是不争的事实。而在以后的两千多年中，双辅音、复音结和辅音尾现象日益减少。直至现代汉语普通话，多辅音和辅音尾音节则完全消灭了。

汉语语音这种元音比重大，辅音比重小，尤其是单音节主要以元音结尾的特点，直接造成了汉字音节的韵色，与其他语言相比更响亮鲜明、悦耳突出的特点。当然，以这种鲜明悦耳的韵母音色作为重要的构诗元素，

也就是自然而然的事情了。

这恐怕也是中国传统诗歌，将用韵视为与散文相区别的本质特征，因而几乎没有不押韵诗的根本原因。相比而言，押韵在西方诗中，则远没有音节轻重或长短构成的节奏重要。这也是西方诗较容易出现无韵诗的原因吧。

由于押韵在中国诗中的重要和突出，前人也注意到不同韵母的不同音色，以及其声响的联觉（这是现代心理学术语——即声音听觉可使人产生视觉、色觉等联想）作用。

比如明代七子诗社成员谢榛，在《四溟诗话》中就反复强调"诗宜择韵"，"作诗宜择韵审音"。

而清代词论家周济先生更在《宋四家词选目录序论》中，对不同韵色的感情特点做了明确描述："东真韵宽平，支先韵细腻，鱼歌韵缠绵，萧尤韵感慨。各具声响，莫草草乱用。"

与周济同时代的学者马瑞辰所著《毛诗传笺通释》则指出，《诗经·秦风·黄鸟》中，就使用了"棘""息""栗"等音色较尖利的韵字，以表现作者对人殉的恐惧和怒怨。

只要我们仔细吟诵和倾听不同韵母的音色，就能辨别出它们的不同特色，以及这些特色适合表现什么样的情感与意境。我们举两首旧体词为例。

其一，温庭筠《菩萨蛮·南园满地堆轻絮》词曰：

南园满地堆轻絮，
愁闻一霎清明雨。
雨后却斜阳，
杏花零落香。

无言匀睡脸，

枕上屏山掩。

时节欲黄昏，

无憀独倚门。

其二，毛泽东《菩萨蛮·大柏地》词曰：

赤橙黄绿青蓝紫，

谁持彩练当空舞？

雨后复斜阳，

关山阵阵苍。

当年鏖战急，

弹洞前村壁。

装点此关山，

今朝更好看。

我们看这二首词的上片第三句，只差一个字。温庭筠的词用的是“却”字，毛泽东的词用的是“复”字。虽然这两个字并不处于韵脚位置，不是押韵字，但其不同韵色的差别，仍是可以有所讲究的。

“却”字是转折词，“复”是递进词。在二词中虽有微小差异，但大意是相同的，即都表述了阵雨后又出太阳的情景。而且两个字声调也相同——古韵均为入声，今日普通话均为去声。

区别只在于，以今日普通话语音读来，“却”字是复韵母 ue，而“复”字是单韵母 u。显然，发复韵母时，是两个音素 ü 和 ê 连读，比发单韵母多了一个音素；且口型发生变化，从前高圆唇元音的 ü，滑向前中不圆唇元音 ê，中间拐了个弯儿。因此在发音时值上，复韵母 ue 肯定比 u 要长一些。

另外，"却"字中复韵母 ue 是开口的后响韵母，音色以最后的音素 ê 为主，因此比"复"字中闭口的后高圆唇单韵母 u，音色要响亮一些。

这些音色上的差异，对词作者传达不同的情感意象，无疑具有重要作用。

温庭筠的词，虽写的是闺中愁闷无聊，但其心中并无沉重浓郁的伤情悲凉，景色还是亮丽的。因此"雨后却斜阳"句中，一个比较悠长响亮的"却"字，正恰当地传达了此一情景。

反观毛泽东的词，虽也以彩虹渲染雨后颜色，但词的主调却是"阵阵苍"的冷色——作者在其随后写的《清平乐·会昌》一词的注释中，就说此二首词表现的是"第五次反围剿"失败后的压抑心情。因而其情其景就比温词更具沉重悲愤的内涵。尽管全词极言虹彩之色及弹痕的"更好看"，但背后的苍冷仍让读者感同身受。此时，"雨后复斜阳"句中那个"复"字，其韵色的低含短促，是与作者的心情十分协调的。

若要更细致体悟不同韵色的作用，我们可试将"复"字换成不改变句意的其他韵色字，比如"又""见""出"等。再品读几遍听听，就会觉出，"又""见"都比原词的"复"字要响亮而且时值长，因为它们都是复韵母字。且"又"中韵母的主元音 o，和"见"韵母的 an，都是开口呼。这当然不如"复"字的韵色声音符合该词意境。

"出"字和"复"字虽然韵母相同，但因"出"字的声调已由古音的入声去声两种读法，演变成今日普通话的第一声高平调，声音上就显得过分高亢嘹亮了，同样不如"复"字合适。

总之，创作诗歌时，我们应该在同样可以表达相同诗意的文字中，选择韵色声调最能表达诗意情感的那一个。这就是前贤谢榛先生在《四溟诗话》中反复强调"作诗宜择韵审音"的意义所在。

（2021 年 8 月 10 日）

昼与夜的先后

古人喜以"文思敏捷""倚马可待",形容才华横溢者写诗著文的唾手可得。但事实是,任何优秀诗文,都是经过字斟句酌、反复推敲而成的。

既然我们承认,诗的声律是构造有效表达内容感情的艺术手段,就必须在选词择字考虑语义的同时,还要品味多种选择不同的声律效果,以期最适当有效地传达诗作情感意境。甚至对两个字的前后选择,也是有声律讲究的。我们看一个诗例:

> 上帝之手是一双昼夜之手
> 一只手是昼,
> 一只手是夜
> 上帝用双手做事时
> 日历就一页页翻开
>
> ——川沙《上帝之手》

其中二、三两行是对第一行的解释性复述,属于诗歌常用表达方式:以排比复沓强调意像。但值得考虑的恰恰在于,二、三行的"昼夜"重复,是先说"昼"好?还是先说"夜"好呢?

显然,作者连想都没想,就按散文或口语习惯重复了"昼夜"的顺序,第二行说"昼",第三行说"夜"。但这里却有几个问题值得注意。

其一,按汉诗用韵规律,有韵诗通常从第一行行尾音节起韵,第二行

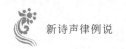
尾音节用与第一行同样的韵押韵，因此读者吟诵出第二行就预感了此为有韵诗；然后第三行无韵，第四行再用韵达到韵色再现，从而最终让读者完成韵律声音感的稳定和确认。

可遗憾的是，此例恰恰是一首无韵诗。作者将与第一行尾音"手"字同韵的"昼"字放在第二行行尾，使第二行与第一行构成押韵，其效果无异于"虚晃一枪"，让读者错以为这是一首有韵诗。但后面数行却再无韵字，使读者追求稳定韵律的心理预期落空，也使诗韵声调散漫而不能圆满。

由此我们也可得出一个规律：有韵诗的第二行不一定必须用韵；但无韵诗的第二行一定不能用韵。否则就会让读者有在韵律上被欺骗之感。

其二，第一行与第二行短短的两个节律单位中，同一 ou 韵字出现了五次：三个"手"字，两个"昼"字，吟诵起来同韵音节过分密集，接近绕口令，缺少诗的舒展大气。

其三，诗是语言艺术，在使用重复手段强化意象的同时，也必须善于使用变化和对比的方法，制造出人意表的语言效果。因此，第二、第三行对第一行"昼夜"的重复性表述，完全可以将"昼"和"夜"调个顺序，在重复中追求对比变化，以出小小新语意表。

正是从以上三点考虑，我以为，只要将第二行与第三行简单对调一下：

上帝之手是一双昼夜之手
一只手是夜
一只手是昼，
上帝用双手做事时
日历就一页页翻开

声律效果就大为不同了。不仅解决了上述三个问题，而且，"昼"字 ou 韵比"夜"字的 ie 韵要丰满厚重，多了一个元音音素，发音时值长于

"夜"字，用在诗节中间语义断折处，声音上就比"夜"字更完满稳定，更合适了。

当然，若再同时将最后一行改为韵句，比如"日历就一页页飘走"，全诗即成为一、三、五行押韵的有韵诗，声律就更完满了。

以这段小诗为例，并非它有何深意或创新之处，只是用来作为声律解说而已，让大家注意诗歌语音构诗元素的选择与运用。

记住，任何艺术创造，除了需要天赋外，更需要心灵的精雕细琢。

（2021 年 10 月 28 日）

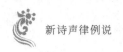

韵的规律、疏密与宽严

诗句（行）尾音节韵母的异同，即韵句的间隔性出现，在声音上可以形成音色的"韵律"节奏，使诗歌更具音乐之美。

既然是节奏，就可从两个角度观察：一是其规律性，二是其频率密度。

中国传统诗歌早期押韵是比较自由的。比如《诗经》中的作品，既有每行都用韵的，也有隔行用韵，还有一、三句和二、四句交叉用韵的，以及一、四句和二、三句为抱韵的，等等。行中韵的位置除了句尾外，还包括句首和句中（句尾二字韵）。这当然和《诗经》主体均为各地民歌，风格自由多样有关。

后来五七言诗成为汉诗主流，尤其是隋唐后的近体诗，韵式趋于统一。以隔句用韵为基本规律，即二、四、六、八……双数句隔句押韵。全诗首句当然亦可用韵。

对句成双是语言修辞艺术的基本手法。汉语诗歌最小的、最简单的基本体式就是双联四句，也就是所谓"绝句"。这种双联四句体式，不仅符合最低的对称艺术要求，而且能够满足达意传情最基本的四个环节——"起、承、转、合"的需要。即第一句主题出现，第二句展开主题，第三句转向高潮，第四句重现主题。

在这样的四句体式中，一、二、四句均与主题相关，因而用相同的韵色以求音色统一，以便突出主题，就是顺理成章的事情。而第三句属于转折或高潮处，需要与其他句形成鲜明差异，不用韵以造成音色对比，也是顺理成章的。

从节奏上看，用韵越密节奏越快，适于表现激烈活跃的情绪。两句一韵已属音色重复频率较密的韵律。当然，为了表现更激烈的情感，也有每句都用韵以加快节奏的情况。如上古歌谣《弹歌》：断竹、续竹、飞土、逐宍。以及《诗·小雅·蓼莪》："父兮生我，母兮鞠我。拊我畜我，长我育我，顾我复我，出入腹我。"还有曹丕的《燕歌行》等，都是句句押韵密节奏的例子。

当然，乐府民歌以及文人拟古风作品，韵式就相对自由了。特别是较长体裁的诗歌，为了抒情叙事内容变化复杂的需要，不仅常有换韵，而且其韵式很难规整不变。

总之，纵观中国传统诗词曲，由于有格律词牌的约束，韵式呈现较强的节奏规律性，其节奏频率大多间隔一句，属于频密韵律，因此节奏感也就非常强烈。

白话自由体新诗兴起之后，虽然最初阶段模仿西方韵律，产生不少韵律严整的作品，但很快就被自由韵式所淹没。更何况近几十年来诗歌脱离朗诵，日益流于作者自我宣泄和欣赏的案头书面玩物，结果当然是散文式无韵诗竟成气候。

但也有不少诗人，充分利用诗体自由化后可以根据诗歌内容表情达意的需要，巧妙安排韵句的优势，创作出独具艺术特色的诗作。比如木心先生的《我纷纷的情欲》：

　　尤其静夜
　　我的情欲大 a
　　纷纷飘下 a
　　缀满树枝窗棂
　　唇涡，胸埠，股壑
　　平原远山，路和路

都覆盖着我的情欲

因为第二天

又纷纷飘下 a

更静，更大 a

我的情欲

　　这种貌似无韵，实际不规则间插韵句的笔法，恰当地表现了作者情思的凌乱无序。尤其是最后一句的不入韵，造成言止而意未尽的余音不绝效果。

　　新诗也有韵律密到每行都用韵的，给人的感觉自是节奏紧迫而快速。比如这首：

时钟的指针早已划过凌晨两点 an

雨声敲击着窗外的地面 an

是谁敲响你思恋的琴键 an

辗转反侧难以入眠 an

深夜的雨声如此绵缠 an

让整个世界倍感不安 an

贝多芬的旋律响了一遍又一遍 an

接下来是嘹亮的莎拉布莱曼 an

再柔和的雨声和再美妙的音乐

也无法驱走满屋子的孤单 an

——永鹏《雨夜（外二章）》

　　除倒数第二行外，每行都押 an 韵。这样密的韵虽充满激情，但缺少间行用韵一张一弛的节奏变化，若长篇写下去，声调难免单一呆板。

　　但疏韵在一首诗或诗段中至少不能少于两行用韵，其中一行必须是全诗或诗段的结束行。否则可能被视为作者不经意的"撞韵"失误。如上面所举木心先生的《我纷纷的情欲》，虽然最后一行没有归韵，但 a 韵并非只是偶然的两行，而是两行紧邻且重复了四句，明显不是诗人无意的随便而为。

　　押韵是文学修辞的一种，而任何修辞都是人工斧凿的结果。因此押韵也追求某种规律性。如果一首诗作本不想押韵，却无意间让某几行毫无意义的尾音撞了韵，那只好说是一种失败了。如下例的作品：

　　　　人的一生究竟要犹豫多少次 –i

　　　　间隔了数年还未做出决定 ing

　　　　不将就的你是否还在坚持 –i

　　　　过眼云烟仍旧忍不住去回味

　　　　如果时间重新开始 –i

　　　　此番结果不再是注定 ing

　　　　你说要留下足迹 i

　　　　要让世界铭记，你的名字

　　　　无惧前方荆棘遍地 i

　　　　愧疚不再当说辞 –i

　　　　于是你踏入梦中的森林

　　　　心慌意乱摘下一条树枝 –i

　　　　发誓张狂地活下去

　　　　直到眼睁睁目睹一切破碎 ui

　　　　全身沾满污秽 ui

　　　　举步维艰你想过后退 ui

　　　　可是哪有什么回头路

　　　　有的只是悲伤成堆 ui

　　　　是不是生活总让人崩溃 ui

还是咎由自取

——秋与春《可否重来》

　　其中有不少行互相押韵，但韵式杂乱无章，让人分辨不出是作者有意为之，还是无意中选字不当而把无韵诗写成了撞韵诗。

　　有韵的新诗也存在用韵宽严的问题。这里所谓宽严，首先是以什么为标准，是以韵书呢，还是以口语实际发音？

　　据说中国最早的将文字按读音分类的韵书，是三国时期曹魏左校令李登编著的《声类》，以及晋人吕静编著的《韵集》，但均早已亡佚。直到隋唐时，为了科举考试举子们作诗统一标准，才有了官修的韵书。由此可见，在韵书产生之前的几千年里，没有韵书并不妨碍诗人们创作了诸如《诗经》《离骚》《乐府》等大量优秀诗作。其押韵标准，当然只可能是每个时代的实际语音。

　　更严重的问题是，由于民族迁徙和文化交融，语言语音是极易变动的。一般认为，汉语作为东亚华夏大地上的主体语言，在秦汉至魏晋之间，无论语音语法还是词汇，都发生过数次程度不同的嬗变。幸有一直被不间断使用的象形汉字，尤其是诗词曲赋的韵文系统，才让后人隐约看到这些嬗变的线索。

　　很明显，在语言快速变动的现实面前，韵书是会很快落后于语言实际的。更何况，在印刷成本昂贵的古代，即使是知识分子，也不大可能为写诗而人手一套官修韵书。由此可知，恐怕除了官府规定的考试作诗必以官修韵书为标准之外，其他场合的诗歌创作，多是以当时的官话实际语音为押韵标准的。这也是即使在近体律诗严整的唐宋时期，诗作中借韵和邻部通押，以及异部异调通押现象，仍大量存在的原因。

　　倒是到了明清时代，思想禁锢日深，官修韵书普及，科举竞争激烈，士人诗歌创作越发复古倾向严重并以追求韵律严谨而标榜。甚至出现晚清入声字早已消失，文人写诗仍奉《平水韵》为圭臬的可笑现象——这种以复古自许学问高深的心理今日也有。

　　白话自由体新诗有韵者，当然只能以现代汉语普通话的实际语音为押韵标准了。虽然民国时已颁行了以国语（普通话前身）读音为准的新韵书《中华新韵》，近年又有修订，但事实上，绝大多数新诗写作者根本不会去查询这类韵书，而完全依照口语实际为标准。这让汉语新诗摆脱了旧体诗词用韵宽严标准的长期争论与束缚。

　　当然，由于不同方言区出生作者的语音影响，以及人们在某些声韵母上存在听觉的细微差异，今日普通话在新诗用韵上，仍有个别声韵的宽与严之别。比如，不少方言区发音不分舌尖前音和舌尖后音，即"资 – 支"不分，"呲 – 吃"不分，"丝 – 师"不分，因此将这些字韵混用，就只好算比较宽的标准了。事实上，2010 年修订公布的《中华新韵（十四韵）》中，仍然没有区分舌尖前音与后音，将"资、支、呲、吃、丝、师"这些字归为第十三"支韵"。

　　但严格说，对于标准北京语音而言，舌尖前后音对韵色的区分还是很明显的。另外还有 an、en 不分，an、ang 不分等。好在这些宽严已不再构成新诗的困扰，因为今日不再有旧科举以韵书为准的官标，更因为自由诗体及其个性表达为诗人拓展了声音的艺术创造空间。

（2022 年 1 月 30 日）

抱韵：诗的文字游戏

押韵是诗歌这一文学体裁的重要特质之一。当然，此特质也是随着诗体从无规则的散漫口语中分离出来而成型的过程逐渐确立的。换言之，诗歌最初很可能是不押韵，而主要以语言节奏的规律为文体特征的。

中国远古早期诗歌留存极少，且因《诗经》之前的上古汉语音韵缺乏系统材料，而难以确定押韵与否。但拉丁文保存的西方上古诗篇有大量不押韵者，亦可证明人类早期诗作不以押韵为重。有学者认为，只是后来基督教为信徒唱诗便于记忆，才使押韵成为诗歌创作的重要元素。由此是否也可推及，汉语诗歌中的押韵，也可能与诗乐合一的发展密切相关。

因此也可想见，押韵的重要作用，当然就是为了诗句语音音色上的统一流畅、复沓突出、易吟易记、和谐悦耳。

为实现上述目的，最有效的押韵方式，当然是语句断折处用韵，且全诗一韵到底。但文学从人性的另一方面说，又具有游戏的性质——这种非生存功利目的的性质，或许是人类迅速脱离动物卓然而立的首要因素。

如果说押韵在口头诗歌传诵时，主要依靠的是创作者的听觉的话，那么到了文字产生以后，诗歌创作的书面形态，就可能为人们探索各种"花式押韵"的文字游戏，开拓了空间。

这类花式押韵的重要一种，就是所谓抱韵。即在一首诗或一个诗段中，首一或二行与尾一或二行押同一韵；而中间至少二行押另一韵。于是形成首尾诗行之韵，环抱中间诗行之韵的形态。最简单的就是四行诗，各行尾韵呈 abba 规律，即 a 为互押一韵，b 为互押另一韵。

　　比如英国中世纪最著名的十四行诗，即所谓"商籁体"，其上半部分八行的韵式，就是固定不变的 abbaabba 格。明显是两个抱韵的四行诗，即一、四、五、八行一韵，二、三、六、七行一韵；一、四行韵抱着二、三行韵，五、八行韵抱着六、七行韵。例诗：

On His Blindness

When I consider how my light is spent（A）

Ere half my days, in the dark world and wide（B）

And that one talent which is death to hide（B）

Lodged with me useless, though my soul more bent（A）

To serve therewith my Maker, and present（A）

My true account, lest he returning Chide（A）

Doth God exact day-labour, light deny'd（B）

I foundly ask: But Patience, to prevent（A）

　　王力先生曾说："抱韵是纯然西洋的形式（见王力《现代诗律学》第 95 页）。"但也有学者认为，抱韵韵式，我国古已有之。比如明人顾炎武就在《日知录》中指出，《诗经》中"有首末自为一韵、中间自为一韵，若《车攻》之五章者。"虽没用抱韵之名，也举出抱韵之实。不过《车攻》并非典型抱韵，今人马国强在《诗经交韵和抱韵——兼与〈大学修辞〉编者商榷》（载《修辞学习》1996 年第 6 期）一文中认为《诗·大雅·大明》章六：

　　　有命自天，A

　　　命此文王。B

　　　于周于京，B

　　　缵女维莘。A

其中"天"和"莘"为真部韵，"王"和"京"为阳部韵，恰好抱合起来，才是纯正的抱韵体。

另敦煌曲子词《西江月》及五代时后蜀词家欧阳炯所作《壶天晓》（《西江月》词牌异名）词，也是汉语古典诗中较少的典型抱韵体：

> 月映长江秋水，A
> 分明冷浸星河。B
> 浅沙河上白云多，B
> 雪散几丛芦苇。A
>
> 扁舟倒影寒潭里，C
> 烟光远罩轻波。B
> 笛声何处响渔歌，B
> 两岸频香暗起。C

词牌《定风波》也是抱韵体，以苏轼词为例：

> 莫听穿林打叶声，A
> 何妨吟啸且徐行。A
> 竹杖芒鞋轻胜马，B
> 谁怕？B
> 一蓑烟雨任平生。A
>
> 料峭春风吹酒醒，A
> 微冷，A
> 山头斜照却相迎。A
> 回首向来萧瑟处，C

归去，C

也无风雨也无晴。A

现代中国自由体新诗兴起后，也有创作者模仿西欧"商籁体"的抱
韵。比如徐志摩的《偶然》：

我是天空里的一片云 A

偶尔投影在你的波心 A

你不必讶异 B

更无须欢喜 B

在转瞬间消灭了踪影 A

你我相逢在黑夜的海上 C

你有你的，我有我的，方向 C

你记得也好 D

最好你忘掉 D

在这交会时互放的光亮 C

以及孙大雨为徐志摩因飞机失事而意外逝世所作的《招魂》：

你去了，你去了，志摩，一天的浓雾，A

掩护着你向那边，B

月明和星子中间，B

一去不再来的莽莽的长途。A

没有，没有去，我见你，在风前水里，C

披着淡淡的朝阳，D

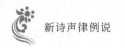

跨着浮云的车辆，D

倏然的显现，又倏然的隐避。C

快回来，百万颗灿烂，点着那深蓝，B

那去处暗得可怕，E

那儿的冷风太大。E

一片沉死的静默，你过得惯？B

从以上诗例看，至少可以有两点观感。

首先，这种首尾之韵环抱另一韵的"抱韵"，关键不在于首尾诗行的多少，而在于被环抱的中间诗行不能少于两行，且各行押同韵。这是因为只有至少两行尾字同韵，才构成押韵，才有可抱之韵。如果被抱只有一行，也就无可抱之韵了。

其次，这种花式押韵的独特规律，并非完全依赖吟诵的声音听觉，而同时依赖书面的视觉。因此可以说是诗歌书面化、文人化的产物。

我们试着朗读上述各抱韵诗例，就会发现，每首诗或诗段中的行间变韵，如果没有书面上的视觉提示，仅从声音上很难听出押韵具有的复沓规律性，当然不利于实现押韵的歌诵效用。这大概也是抱韵仅仅作为一种文字游戏，并不能成为诗歌创作中韵式的主流或重要形式的原因之所在。

（2021 年 5 月 13 日）

恍然之悟：许多人不会押韵

多年以来一直有个疑惑，为何有那么多"诗人"喜欢写无韵的"新诗"——说好听了是分行散文，说不好听就是文字垃圾？

近日才恍然大悟，或许一大原因是，很多人根本不会押韵！

押韵是诗歌这一文学体裁与其他文学体裁的根本区别，因此诗歌是韵文之一种。也因此，世界各民族各国家的传统诗歌，绝大部分都是有韵的，无韵者寥寥无几。

比如我国上古第一部诗集《诗经》里，305 篇诗作中只有 7 篇不押韵（见王力《古汉语通论》）。后来的楚辞、乐府、律诗、宋词、元曲等，则几乎全部有韵。《诗经》和后来诗史中个别无韵诗篇，推测多为入乐所用歌词，虽无韵却自有乐谱规约。

西方传统诗歌也大多有韵。不过因西方语言中的音节多有辅音结尾，不似汉语诗韵中元音明显，因此西方诗歌似乎押韵的作用不如汉诗。但西方无韵诗的其他声音格律——轻重律、长短律等，依然严格；且这些无韵诗大多只适于戏剧等特殊场合。

韵之所以成为诗的本质特征之一，是因为韵在诗的声音表达上具有重要作用。

一是让诗歌音色统一。类似于音乐中的主音，读起来不让人觉得散漫。这正是诗歌与散文的最大区别。

二是让诗歌韵律节奏鲜明。诗歌中的韵句与非韵句在句尾音色上形成对比；而韵句与韵句之间则形成音色的重复。这种对比与重复在诗中有一

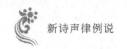

定规律地出现，就构成了诗韵鲜明的节奏，读起来悦耳动听。

三是让诗篇完整稳定。一首有韵诗（由两行以上押韵的诗句来表明），如果最后一句尾音不是落在韵字上，听觉上就不完整，不稳定，没有诗篇结束的感觉。

四是让诗歌易诵易记。押韵形成诗篇和谐统一的音色，以及鲜明的节奏，无疑就会在听觉上悦耳动听，人们不仅爱读，而且顺口顺耳，也就比散文容易记忆了。

但现代以来新文学勃兴，诗也追求突破古诗格律公式束缚而得解放。同时受西方无韵现代诗影响，中国新诗不仅体式自由，甚至完全抛弃韵律，几近分行散文。

可惜近百年来，这种分行散文的所谓诗作，积聚虽如汪洋，成功之作寥寥。当然与其中的思想内容不无关系，但首先是因为它们失去了诗的本质特征。

我常想，为何至今仍有大量"诗人"，在无倦地甘心制造这种分行散文式的文字呢？

最可能的答案是追求自由。但任何思想情感的艺术表达，都必然受表达手段的限制，不可能完全自由。这种手段正是艺术的特殊形式。完全抛弃形式，完全自由，艺术也就不存在了。

旧体诗把言（音节字数）、韵、声（平仄）等这些汉语语音的构诗元素，固定成独立于诗的格律公式，不论何种内容情感都往里套（所谓填词），固然会成为诗的枷锁，应予突破。但因此就抛弃汉语语音中的音节、韵色、声调等特有的构诗艺术元素，不利用这些构诗元素作为艺术手段，在新诗中去更好地表达思想感情，诗也就不存在了。这也正是百年里分行散文式新诗多成为文字垃圾的原因所在。

道理其实是很简单明了的：汉语语音中特有的构诗元素，即使不组成固定的格律公式，仍能成为表现诗之思想感情的艺术手段。比如：

音节（字）上，双音节的对称性，与单音节或三音节的非对称性，以及它们在诗句中的重复、对比和组合，肯定可以构成不同的节奏感，用以表现不同的诗歌内容。

韵色上，一方面可以用韵句与非韵句的对比及其疏密、变换，形成不同的韵律节奏，以传达诗的情绪；另一方面，不同的韵部富含的音色特征，也可以成为不同情感的表现手段。

声调上，虽然放弃平仄格后不再具有声调高低规律节奏，但现代汉语四个声调本身具有的不同音高特征，却可以成为传达内容感情的手段。如第一声高亢悲壮，第二声轻扬辽远，第三声含蓄热情，第四声坚定沉重。传情达意时有意识地选择恰当的声调字，自然能更好地表现诗的内容。

那为何还有那么多人，特别是激情成诗的年轻初学者，却固执地创造分行散文呢？最近我似乎有了新的答案。

我上小学是 1963 年，赶上"文革"之前两年，汉语拼音学得很扎实，对诗韵的听力分辨也很自然敏感。但我发现，和我同龄的人，却有不少似乎拼音能力很差者——幸亏现在有手写输入，否则他们都不会用拼音输汉字。

不过我并没有将此与诗韵存废相联系，也从未与亲朋交流押韵能力。可最近在教我二年级的小外孙女背古诗词的时间里，却慢慢感觉出，她似乎对诗韵并不敏感。联想起她的汉语拼音拼、读、写也总是有些漏洞难改，我便有了猜测。随后又试了试别人，果然，有些人确实缺乏辨析韵色的能力。

说得直白些就是，许多人可能天生不会押韵。这或许与听觉有关，或许与大脑构造有关。至于他们是否能通过学习而掌握押韵，我不知道。但想想古人为科举考试作诗，专门编了韵书，除了解决当时的方言差异外，恐怕也是为了帮助那些耳朵缺乏辨韵能力者吧？

写诗需要辨韵识声的耳朵，其实古已有人指出。明代茶陵诗派领袖李东阳在《怀麓堂诗话》中就说过："诗必有具眼，亦必有具耳。眼主格，耳主声。闻琴断，知为第几弦，此具耳也；月下隔窗辨五色线，此具眼也。"

只要不聋不哑，人人都能唱歌；但要成为音乐家，尚须有辨音之耳的天赋。写诗亦如此。除却诗心之外，如果您字韵亮暗不识，声调冷热不辨，节奏浮沉不知，那说明您没有写诗的天赋，还是不要糟蹋诗吧！

回望千年诗史，华夏之所以能成诗词大国，汉语语音独具的构诗元素丰富鲜明，是最重要原因。今日汉语普通话不仅继承了这些语音特点，而且由于复音节和辅音尾的消失、韵部的简化、声调的规整，韵色变得更具乐音性，语音节奏更清晰，声调感情色彩更鲜明。因此，以这些语音元素作为自由体新诗的构诗手段，才是传承汉语诗性，让新诗成为诗而非分行散文的根本之途。

至于那些企图创制什么新格律以救新诗的主张，不仅是倒退，更是妄想。因为用数学即可证明，在诗行与字数有限的给定条件下，汉语音节构成格律公式的排列组合数是有限的，基本可以说已被古典诗词格律穷尽了，根本不可能再有新公式。可见，新诗唯一的出路就是，创造性地活用汉语语音构诗元素，而非再用这些构诗元素去制造格律公式。

总之，今日新诗创作者如果不能传承汉语语音构诗元素，并以此为形式修辞手段，使自由的口语也能成为诗，那新诗就仍然是没有诗性的分行散文。这不仅是对诗的背离，也是对汉语语音之美的践踏，更是对华夏诗国传统的亵渎。

但要传承汉语构诗元素并在新诗中运用，至少必须具备诗人的耳朵。所以，回到本文主题，容我不客气地奉劝一句：假如您连押韵都不会，说明您没有做诗人的耳朵。如果您又不愿下功夫以后天之力补先天之缺，那就去写散文，在其他文体上发挥您的天赋吧，不要糟蹋诗了。

（2020 年 7 月 4 日）

第 4 章　声调

声调情感及其在新诗中的应用

汉语是声调语言。即语音的高低变化不仅表示语气情感，而且能够区别语义。这里的"声调"一词，有别于表示语气的"语调"，而是汉语语音专用词，专指汉语音节（字）上的音调变化。

比如同一个音节 yan，在现代汉语普通话中，就可用四个不同声调的读音，区别出四类不同字义。

读一声时可表示"烟雾"的"烟"、"腌菜"的腌、"淹死"的淹，等等。读二声时可表示"言""沿""盐"，等等。读三声可表示"演""衍"等。读四声可表示"验""厌"等。

由于生理器官限制，人类能发出的语音音素，及由这音素构成的有意义的音节，总是有限的。而为了反映无限的主客观事物，书面上可以依赖字形予以区别，听觉上则只有两个办法：一个是如英语等非声调语言，依靠增加音素或音节的数量组合来构成不同字义或词义。二是如汉语这样，靠改变音节的声调来区别字词意义。这也就是英语字词往往很长，由多个音节组成，而汉语一个字只有一个音节，因此音节整齐，适合形成诗歌整齐节奏的重要原因。

尽管如此，无论英汉哪种语言，仍有大量同音字词，需要依靠语境等其他方法予以区别。

有语言学家认为，上古汉语曾是多音节的非声调语言。至少到秦汉时，汉语仍保留了许多双音节的遗迹——直到今天，汉语方言中仍有很多辅音尾，声调或不明显，或繁多而难有系统。当然，由于语音的易逝性，

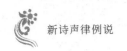

古代又没有录音设备，这些关于古汉语的论说，不过是后人根据古文献以及今日语言演化结果，特别是方言遗存，所作的逻辑推论，尚存争议。

但确定的事实是，魏晋南北朝之前，古文字史料中没有关于汉字声调的记载。至南朝时，沈约等人才提出了四声之说，可见那时汉语的声调系统已很成熟明显了。

从那之后，我们聪明的祖先们，不仅使用声调的本职——区分字义词意，更发挥了不同声调高低缓急的声音特点，将其分为"平""仄"两大类，用以构成诗歌创作的格律公式，目的是让诗的语音更具鲜明节奏感。

从此时开始，汉语诗歌摆脱了上古时期只有言数（字数）约定和用韵约定，声调完全出于天然的古诗阶段，产生了律诗、词曲等诗歌。其特征除守律严格外，就是声调与音节（言或字数）、韵，共同成为了汉语语音构诗的三大元素。

但声调也仅仅是以其高低平仄相间，发挥鲜明节奏的作用。声调的乐音本质，在古诗中尚未得到充分研究与利用。

音响心理学告诉我们，由于共同的生理构造和共同生活实践，人类对不同的声音类型，会产生共通的情感共鸣。因此才使音乐可以成为人们——哪怕语言不通，却能共同理解的艺术。

语言中的语音，是一种包含乐音和噪音的声音物理载体。它除了主要承担语言表意的声音符号功能外，作为音响，也必然具有引发人们心理情感共鸣的作用。尽管其复杂程度与效能远不如音乐。

正是由于语音具有简单的表情作用，利用和选择语音产生联想、暗示、隐喻等，就成为人类文学艺术的一种修辞手段。

比如在中国，《诗经·秦风·黄鸟》中描写穆公以"三良"殉葬之惨烈时，就使用了语音双关联想的修辞：以"棘"音联"急"，以"桑"音联"丧"，制造一种凄惨悲凉气氛，渲染了以人为殉的惨象，从而表达了对人殉制度的切齿痛恨。

比如在西方文学史上最著名的《恺撒捷报》，只有短短的三个拉丁文动词："Veni，Vidi，Vici"，却深深打动了所有人。语言学家们认为，语音在其中发挥了巨大的情感发动作用。这三个动词的音响构成递增：veni 中含有一个元音 i，而在 vidi 和 vici 中含有两个元音 i；而三个辅音 n、d、k 的响亮度也是递增的。这种语音上的递增，被认为是象似性地传达恺撒军事行动势头的递增，表达出恺撒军事征服的迅猛和征服战争向胜利高潮推进的动态趋势。

音乐的表情手段，除节奏外，更主要的是音阶连续变化形成的旋律。而汉语音节中的声调，恰恰正是一个简单的音高连续变化的旋律。虽然短而简单，却不可否认，不同的声调具有不同的感情色彩。

其实我们的古人已注意到声调的感情色彩。唐代《元和韵谱》说："平声哀而安，上声厉而举，去声清而远，入声直而促。"清代江永《音学辨微》中说："平声长空，如击钟鼓；上去入短实，如击木石。"

但遗憾的是，如何充分利用这些声调不同的感情色彩，使之成为尤重语音艺术的诗词修辞手段，却未见古人甚至今人的深入研究。而古典诗词曲固定的平仄格律公式，虽有节奏鲜明之长，却也限制了声调色彩的发挥利用。

现代自由体白话新诗抛弃了平仄格律定式，应该说为我们在诗中自由运用汉语声调表达诗意情感，提供了广阔空间。

汉语音节（字）的声调，为什么在听觉上具有不同的感情色彩呢？因为每个声调都是一个简单的旋律，而旋律正是音乐表现感情的首要元素。

汉语的声调，即是在一个短暂的时间段里，由某个音高连续滑向另一个音高的发音过程。这些声调的旋律虽然短小而简单，却仍然各具不同的鲜明的音响感情色彩。

我们对新诗使用的现代汉语普通话的四个声调做个分析。

1. 第一声

也叫阴平调或高平调，调值55。即一个有时值的、音高不变的短小

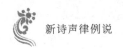

旋律。由于这个声调高亢平直，所有这个第一声的汉字，不论字义如何，其声调都具有高亢、广阔、苍凉、严肃、寒冷等声音色彩。

由两个第一声构成的双音节词，上述声音色彩会更浓烈。比如：

> 西风、凄清、千帆、悠悠，
> 箫声、清秋、悲哀、伤心。

如果我们在新诗创作中，在需要表达苍凉严肃形象与情感时，多选用第一声高平调的字，即可恰当传情达意。例如北岛的诗《你好，百花山》中的一段：

> 回音来自遥远的瀑涧。
> 那是风中之风，(\ \ — — — —)
> 使万物应和，骚动不安。
> 我喃喃低语，
> 手中的雪花飘进深渊。

注意其中第二句，连用四个高平声调的字"风中之风"，与上句尾二字"瀑涧"，以及本句首二字"那是"连续第四声确定低沉的声调形成强烈对比，不仅造成声音上的突兀高亢，而且延长了阴平调的苍凉色彩，有效地强化了诗人要传达的对自然敬畏之心绪。

如果不信我的分析，可试用其他声调组合的字词替换"风中之风"，再吟诵一下，看声音感觉如何。比如换作：

> 那是风里的风 (\ \ — ∨ \ —)

语义完全相同，声调具有的感情色彩却迥异了。虽然其中的两个

"风"字仍保留了些许高亢苍凉色彩，但一是分散了，因而效果减弱；二是增加的第三声"里"字和第四声"是"字，使诗句增加了含蓄的热度，失去原诗句四个阴平声连用形成的强烈的凌远庄严，甚至寒冷的感觉。

这样的声调替换，若是想把风写作亲切的母爱，肯定合适；但显然不符合作者要表达的对自然神明敬畏的音色感情——神明总是高高在上、望而生畏，让人敬而远之的。

2. 第二声

也叫阳平声或轻扬调，调值35。是个由中音向高音轻轻滑起的旋律。这个声调给人的听觉感受就是轻扬、辽远、晴朗、畅快。比如这些阳平调双音词：

白萍、源头、何时、白云，
秦娥、寒流、平林、柔泉。

在诗中即可选用这个声调去表现轻快如梦的情绪。如海子《以梦为马》的起首：

我要做远方的忠诚的儿子
和物质的短暂情人

如果我们把第二行结尾的阳平调双音词"情人"，换成其他声调的字词，如"情侣""爱人"，诗意无大区别，原作那种轻声吟唱辽远梦境的感觉，就不浓了。

3. 第三声

也叫上声或转折调，调值214。是四声中时值最长，声音婉转含蓄的

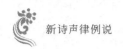

新诗声律例说

一个调。听觉上具有柔软、热情、深沉、绵厚、亲昵的色彩。双音节例词：

> 点点、也许、只有，
> 你我、小草、火里。

当然，第三声与其他声调连读时，可发生轻微变调情况。但仍不妨碍我们在诗的关键点，利用第三声的音调传达饱满热情又含蓄的诗意。我们举一首毛泽东的旧体词《清平乐·会昌》上半阙为例：

> 东方欲晓，
> 莫道君行早。
> 踏遍青山人未老，
> 风景这边独好。

每行最关键的尾字，都是第三声，完美充分地在声音上表达了作者望着自己的战士清晨行军时，心中充斥的那种饱含热爱之情。当然，这也得益于"晓""早""老""好"四个字的 ao 韵韵色之饱满。

如果你不信，就接着读下半阙：

> 会昌城外高峰，
> 巅连直接东溟。
> 战士指看南粤，
> 更加郁郁葱葱。

"峰""溟""葱"三个关键字，一变而成高亢的阴平调和轻扬的阳平调，而且韵色是较冷的鼻音韵 eng、ing、ong，让人从语音的声调韵色上，立刻感觉到作者从战士身上，转目远眺时那种广阔辽远、苍茫博大的感情。

4. 第四声

也叫去声或下降调，调值 51。它是四声中时值相对最短，声音直线下降的声调，给人造成的听觉是坚硬、确定、稳重。比如：

> 确定、坏了、重要、进去。

我们以徐志摩的小诗《雪花的快乐》中几句为例：

> 在半空里娟娟的飞舞
> 认明了那清幽的住处（\／\\ \——\\\）
> 等着她来花园里探望（∨\——／—／∨\\）
> 飞扬，飞扬，飞扬
> 啊，她身上有朱砂梅的清香

其中第二、第三两行均以第四声双音节词"住处""探望"结句，那种清晰、明确、真切之声跃然纸上，而且与后边两行的尾字第二声轻扬、第一声高亢形成鲜明对比，制造了大起伏的声音对比变化。

如果我们把"住处"改成"住房"，把"探望"改作"探访"，诗意丝毫未变，但二、三行的真切确定，以及与其他行的高低声调强烈对比，就不显著了。

当然，例子还有很多，各声调在诗中相互组合成双音节拍、三音节拍，肯定声音上会有更丰富的表现力。但因篇幅所限，容我们以后慢慢分析探索。相信大家会从中体悟更多的艺术之美与创造之乐。

值得说明的是，有朋友曾对我关于汉字声调的感情色彩论表示质疑，

依据是语音往往和语义不相关。比如"欢乐",就是第一声高亢与第四声确定声调的组合,其高冷和坚硬的声调色彩如何与词义的欢快相符?

首先,人类虽然最初的简单语言中,语音大多是对对象模拟,因而声音与意义相关度高;但随着语言复杂化,语音就成为了单纯的符号,肯定很少与语义相关。

但是,我们说诗歌可以利用声调表现感情,正是要从众多同义、近义的词汇或不同语词表达方式中,选择那些与我们要传达的感情更适合的声调字词。这无疑是一种艺术创作。就像绘画一样,你不能指望每种颜色可以直接传达情感,让你简单拿来直接用即可;如果真有这种好事容易事,那还叫艺术创作吗?你必须进行艰苦认真和创造性的选择组合,才能创造出正确表情达意的绘画。

以语言语音为艺术创造手段的诗歌同样如此。没有语音情感与语义内容精确相符的现成的词汇给你随手使用。其实何止诗歌,任何文学修辞,不都是艰苦思索、搜寻、选择的结果吗?这就是艺术创造吧。

总之,声调是汉语三大构诗元素之一。过去古人只用它去创造诗词节奏,今日我们却可以使其发挥更多的,以乐音表达诗意情感的艺术作用。这才是没有辜负我们独特的,尤其适合创造诗歌的伟大的汉语——正是此点才使华夏成为诗国。

最后说句题外话,语言和语音是变动的。据一些语言学家预测,汉语普通话的声调,将来有可能消失——依据是汉语声调有由繁向简的趋势,中国所有方言的声调也正在由多变少。果真如此,汉语将失去一个重要的语音构诗元素,实在是历史的遗憾、语言的遗憾、文学艺术的遗憾!

也许,如果我们充分地、更多地在新诗中利用和发挥声调的表情达意作用,不仅可以使新诗更具艺术意味,亦可能减缓或扭转声调消失的进程?也未可知。

(2021 年 2 月 6 日)

利用声高优势

现代汉语的声调，虽然发音时间很短，但仍然是一个具有时值的连续滑动的旋律。由于不同的时值和不同的音高变化，会在音响上引起我们听觉上的不同感情色彩。

第一声是一个高而平的声调，因此听起来有高亢、平直、严肃、悲凉的感觉。如下面这些词，都是由两个第一声的字组成：

箫声　　青山　　伤心　　悲欢　　江风

不论词义有何区别，声音上都有相近的色彩。

第二声是一个由低向高的上扬声调，听觉上就有一种轻扬辽远、柔淡飘荡的色彩。如：

白云　源头　何时　秦娥　寒流

第三声是四个声调中时值最长的，且声音先向下再向上，拐了一个弯儿，因而需要口腔抑制度较大，声音便可形成含蓄饱满、柔软热情的色彩。如：

点点　　只有　　你我　　小草

第四声是由高向下，且在四个声调中时值最短，读出来给人一种坚硬确定、毫不含糊的感觉。如：

浪漫　　确定　　进步　　浩气

在诗中恰当地选择与诗的内容感情贴切的词语声调，可以让读者在诵读时获得鲜明的声音色彩，自然能更好地传达诗人所要表现的内容感情。

举首小诗为例：

这个冬天真长真长（＼＼———／—／）
蜿蜒的泪无声寒凉（—／＼＼／—／／）
昨夜繁花唯剩黑白（／＼／—／＼—／）
四季蚕食着残云微光（＼＼／／／＼／——）

是生命迷离了精神分裂（＼—＼／／＼—／—＼）
看僵尸梦幻着亡灵圣妆（＼——＼＼＼／／＼—）
那么多热闹的文字（＼＼—＼＼＼／＼）
遮不住枯叶的干黄（—／＼—＼＼—／）

这个冬天真长（＼＼———／）
这个冬天真长（＼＼———／）
春风在何方（——＼／—）
什么是希望（／＼＼—＼）

一看而知，这是一首写新冠疫情之悲的小诗。为了更好地传达悲凉之情，作者特别注意了字词声调的选择。

一是使用了声高优势的手法，即让能够表现高亢悲凉色彩的第一声和

194

有沉重短促感觉的第四声，在诗中占优势地位。

我曾对商务印书馆 2017 年第 11 版《新华字典》作了逐字统计。该字典共收字 9469 个，其中第一声字 2389 个，约占 25.2%；第二声字 2447 个，约占 25.8%；第三声字 1560 个，约占 16.5%；第四声字 3006 个，约占 31.7%；轻声字 67 个，约占 0.7%。

而这首小诗中共有 91 个字（音节），第一声 30 个，约占 32.9%；第二声 26 个，约占 28.6%；第三声没有，第四声 35 个，约占 38.5%。

很明显，在诗中第一声字、第二声字和第四声字的占比都远远高于字典中的平均值。这必然强化了第一声高亢悲凉庄严，第二声轻柔辽远，第四声沉重急促的声音色彩，使作者要表达的内容情感在字音声调上得到了体现。

更明显的是，作者刻意避免了使用第三声的字，因为第三声的声调效果比较饱满含蓄，富有热情，不太适合表现悲凉的情感。如果不是刻意选择声调，一首 91 个字的诗，完全没使用第三声，可能性是很小的。

实际上，作者创作这首诗的初稿时，有些地方还是有第三声的。比如第三段第三行，原来写的是"春风在哪里"，"哪里"二字均为第三声，"里"字也不入韵，本是符合四行诗第三行不宜用韵的韵律节奏对比规律，但为了让全诗没有暖色，干脆改作了"何方"，增加了辽远悲凉的音色。

另外，诗中四个"真长"，也完全可以写作"好长"或"太长"等。若仔细对比品读，就能明显感觉出，"好长"的"好"字，不仅因为是第三声，饱满委婉富含热情，而且又是洪亮的嗷韵（ao），显然不适合表现悲凉的效果。"太长"虽因"太"字的第四声而显沉重，仍然不如"真"字，声调高亢悲凉，鼻韵母恩（en）也具有冷冷的音色。

（2020 年 7 月 10 日）

注意声调音线顺谐

我们平常说话或写散文，一般不避讳声调背反拗口的字词，因为说话和朗读散文可以随处停顿，或减慢语速，也不必追求语音上的顺谐动听。诗歌则不然，诵读时听觉上的美感往往重于语义内容。

举个例子：

> 多年后又与你重逢
> 一个宜画宜诗的女人
> 我就做了许多梦
> 梦里头飘着你的语音
> 远去的颜色合奏青春
>
> ——《致刘颖老师》

其中"宜画宜诗的"按语言习惯，本应写作"宜诗宜画的"，但那样全句声调排列就成为：

> 一个宜诗宜画的女人（／＼／—／＼＼∨／）

由于"诗"字是高平的第一声，当它与后面紧接的第二个"宜"字的由低向高的阳平调衔接时，声音就要从高平的第一声断掉，再从较低的第二声开始上扬，于是在"诗"字和后面的"宜"字之间，必有一个较长的

196

停顿，让人感觉不顺畅。若改成现在的句子：

一个宜画宜诗的女人（╱ ╲ ╱ ╲ ╱ 一 ╲ ╲ ╱）

再诵读起来，声调的音线就很流畅了。如果用文字形容这条音线，就是：上下上下上高下转上。在高平调的"诗"字后面，紧接着的是下降的第四声"的"字，"诗的"二字之间声调顺势而下，不会有停滞拗口的音线感觉了。

总之，诗是唯美之文学体裁。不仅要求思想美、题材美、意象美，尤其要追求语音之美。

汉语由于音节简单整齐，韵色丰富响亮，声调对比明显，是世界各语言中语音构诗元素最具乐感的一种语言。我们的祖先曾用这种独特的语音构诗元素，创造了浩瀚辉煌的诗词歌赋，更形成了一整套美妙的诗律、词牌、曲谱格律公式。这是我们民族的骄傲。

今日自由体新诗，虽然为思想不受束缚而放弃了格律公式，但却不应抛弃汉语的语音构诗元素，更不应徒劳地再去创造新格律公式，而是要研究探索如何运用这些构诗元素，使之成为语音手段，去更好更恰当地表达诗的内容情感。

那种无视现代汉语三大构诗元素——音节节奏、韵色节奏、声调情感，不讲声律修辞的所谓新诗，说轻点不过是分行散文；说重点，则是对汉语语音之优美的亵渎！噢，这是我的一家之言！

（2020 年 7 月 2 日）

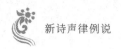

四个阴平连用的效果

从常识说，无论说话作文，为避免语音语调的平直呆板，句中应尽量使字词的不同声调相互间错，以形成高低起伏的节奏感，不宜连着几个字都是平声，或都是仄声。中国古典诗词中的平仄格律，正是遵从这样的原则制定的。

但若从诗歌的声调应成为表达内容感情的手段来看，有些时候却需要连续使用同一声调，以强化其声高具有的音响色彩，去表达特定感情。这也是自由体新诗打破格律公式，让语音更灵活有效地构诗修辞的进步之处。

我们来看个例子：

> 回音来自遥远的瀑涧。
> 那是风中之风，
> 使万物应和，骚动不安。
> 我喃喃低语，
> 手中的雪花飘进深渊。

> ——北岛《你好，百花山》

注意其中第二句，连用四个高平声调的字"风中之风"，与上句尾二字"瀑涧"，以及本句首二字"那是"连续第四声确定低沉的声调形成强烈对比，不仅造成声音上的突兀高亢，而且延长了阴平调的苍凉色彩，有效地强化了诗人要传达的对自然敬畏心绪。

　　如果不信我的分析，可试用其他声调组合的字词替换"风中之风"，再吟诵一下看声音感觉如何。比如换作：

　　　　那是风里的风，

　　语义完全相同，声调具有的感情色彩却迥异了。虽然其中的两个"风"字仍保留了些许高亢苍凉色彩，但一是分散了，因而效果减弱；二是增加的第三声"里"字和第四声"是"字，使诗句增加了含蓄的热度，失去原诗句四个阴平声连用形成的强烈的凌远庄严，甚至寒冷的感觉。

　　这样的声调替换，若是想把风写作亲切的母爱，肯定合适；但显然不符合作者要表达的对自然神明敬畏的音色感情——神明总是高高在上、令人望而生畏、让人敬而远之的。

　　　　　　　　　　　　　　　　　　　（2020 年 9 月 24 日）

如何让声调更悲凉

我们已经说过，由于现代汉语中的第三声是个先降后升的曲折声调，发音时间较长，口腔抑制强度高，因此给人厚重饱满的声音效果，适合表现热情热烈、温暖色彩的感情意境。若用其抒发悲凉伤感，就不恰当了。

我们看已故著名诗人雷抒雁（他和我曾是同事）的那首悼念张志新烈士的《小草在歌唱》中的首段：

风说 /：忘记 / 她吧！（— —： \ \ — \ ）

我已用 / 尘土，（ ∨ ∨ \ ∕ ∨ ）

把罪恶 / 埋葬！（ ∨ \ \ ∕ \ ）

雨说 /：忘记 / 她吧！（ ∨ —： \ \ — \ ）

我已用 / 泪水，（ ∨ ∨ \ \ ∨ ）

把耻辱 / 洗光！（ ∨ ∨ ∨ ∨ — ）

——雷抒雁《小草在歌唱》

很明显，在这样一首悲伤情感的诗作中，除了第一行均由高平声调和坚定急促的第四声组成，因而声调上给人悲凉痛切的感觉外；第二行到第六行，第三声调字的使用是太多了一些。尤其是最后一行，两拍五个音节，竟用了四个第三声调。这使诗行过分热情，不像是在斥责和痛感不应有的遗忘。

现在我们试将其中可能用同义字词替换的第三声字变换一下：

风说 /：忘记 / 她吧！（——：＼＼—＼）

我吹来 / 尘埃，（Ｖ—／／—）

将罪恶 / 埋葬！（—＼＼／＼）

雨说 /：忘记 / 她吧！（Ｖ—：＼＼—＼）

我要用 / 泪流，（Ｖ＼＼＼／）

让污痕 / 涤光！（＼—／／—）

再诵读几遍并与原作对比，肯定会听出其声调更具悲凉痛切色彩了。

如果我们写诗只考虑思想、内容、语义，而不去琢磨语音韵律的选择，不用汉语独具表现力的语音构诗元素去更好地传达诗歌内容感情色彩，那我们写的东西又和口语及散文有何区别呢？那还能称为诗吗？

（2021 年 7 月 10 日）

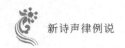

声调对比一例

汉语声调具有对比作用，是古人早就知道的。这也是古人构建诗词格律的基础。即将声调分为平声（包括阴平、阳平两个声调）和仄声（包括上声、去声、入声三个声调）两大类，规定在诗句中组成"平平／仄仄"或"仄仄／平平"的双音节节拍交替使用，从而形成高低不同声调组的对比，以此造成语音节奏感。

可见声调是汉语独具特色的构诗元素。另外两个构诗元素是韵色和音节。正是因为有这样丰富色彩的语音构诗元素，才使华夏成为诗歌大国。

今日自由体新诗，虽然抛弃了传统诗词的格律公式，但并不应放弃汉语独具特色的语音构诗元素。比如声调的对比，虽不再用来构造格律公式，但若恰当地使用，仍可成为自由体新诗创造最优表情达意声音形式的构诗元素。举个诗例如下：

> 现在／抓住了（＼＼—＼＼）
> 岁月深处递过来的一根拐棍
> 支撑起白发，残躯
> 继续行走在重复的路上
>
> ——小野《重复》

第一行五个音节两拍，其中四个音节均为短促坚定的第四声降调，唯有"抓"字一个音节是第一声高平调，于是形成了非常鲜明的声调对比。

当我们吟诵到那个"抓"字时，声音会突兀而起，持继高亢平直，给听者造成明亮的色彩，在四个降声调的强烈对比下，让人对那个"抓"字印象深刻。

如果我们把这个第一声高平调的"抓"字，换成其他声调的同义字，比如"握"字：

现在 / 握住了（＼＼＼＼＼）

全句五个音节，都成第四声坚定短促的硬声调，没有了任何声调对比，那个动作鲜明突出的声调色彩也就没有了。

（2021 年 7 月 9 日）

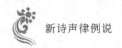

"云淡风清" 还是 "风清云淡"

　　诗句的结尾，既是语意停顿处，在韵句中又是押韵处，当然语音就会给听者留下较深的印象。虽然一般认为，汉语音节本身并不像英语那样，有轻重之别；但由于结尾音节后面空顿时间较其他音节长些，导致该音节会延长时值，造成相对其他音节音量多些，因此我们可以称之为汉语中的重读音节，或叫强调音节。

　　同样的，一个诗段或一首诗的结束音节，也属于重读或强调音节。

　　这些强调音节会给听者造成比其他音节更深的声音印像。因此，我们在创作诗歌时，尤其要重视这些音节字词的选择，让它们的韵色声调，能够更好地突出诗意的情感色彩。

　　我引一首拙作为例说明：

　　　　你在时，风清云淡
　　　　你走了，相知就分外空闲
　　　　隐约着红色迷雾葱绿年
　　　　恍惚了春暖花开只一天
　　　　多少回骑行蹚水观山
　　　　只记了数蚁群青春聚散

　　　　再去你家抵足夜谈？
　　　　可惜故居早已湮灭

也或者雪夜来我家手弈？

又笑说练神功不怕衣单

可你却清涕涟涟……

你走了，梦竟成一厢思恋

我总觉，只有你一路孤单

声音色彩都留给了往事

为什么无情着竟没有回首一看？

你走了，我多想对你最后一次呼喊：

如果可以，我愿意

把余生分你一半！

——《你走了》

这是一首怀念亡友的小诗。因为被怀念的朋友已故去数年，作者的哀伤当然不再是尖锐的悲怆，而是深藏的，表面平静的叙说。

因此，第一行全诗起句，就尽量不要太沉重悲伤。"你在时（Ｖ＼／）"三个音节以含蓄饱满的第三声起句，以轻扬的第二声结尾，给人温暖而轻快的回忆感觉。如果将这三字改成"你活着（Ｖ／＼）"，就结束在第四声上，全诗一起句就显沉重了。

但在同一行的承接句上，原来写的是"云淡风清"，后来却故意将可以相互换位的"云淡风清"，调整成"风清云淡"，目的是让此行结束在第四声的"淡"字上。有三个考虑：

第一是可以入韵。当然，诗的首行可不入韵。但为了后面的两个作用，又能顺势入韵，何乐而不为？

第二个作用是，在第一段诗的六行中，有四行结束在"闲""年""天""山"字上，都是第二声或第一声，色彩淡而冷；若第一行写成"云

205

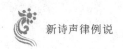

淡风轻",全段就只有第六行尾音落在"散"字第四声上,于是整段诗吟诵下来就过分寒凉了,与作者要表现的温暖回忆情感色彩不符。

更重要的第三是,第一行结束的双音节"云淡",可以与全诗尾行终止双音拍"一半",构成遥相呼应的特殊声韵共鸣效果——"云"和"一"是谐声,"淡"和"半"是谐韵。

对于行数较多的长诗而言,这种首尾呼应的效果肯定很弱,因为行数多了,吟诵到最后,听众早将前面的音节忘了。因此,所有重复(复沓)修辞手法,都要在一定距离内。而对本例只有十几行的小诗而言,首行与尾行结束拍的和谐效果,还是有的。

说到行数,不知大家是否注意到,此诗各段采用了递减方式:第一段6行,第二段5行,第三段4行,第五段3行。这是作者的有意安排,与上面分析的声律手段一起,目的都是要形成一种在平静述说中深藏怀念之情,并且随着诗句推进,逐渐情感加速,最后落在给他余生"一半"的决绝中的声音效果。

新诗分行书写可形成"建筑美",明显是扯淡。因为纸面上的视觉美,对诗的声音毫无用处。但新诗必须分行书写的重要作用,无疑是帮助吟诵者分行断句,并形成声音的朗诵再创造。

因此,本诗的行数递减,也是一种让吟诵声音逐渐加速的手段吧。

（2021 年 1 月 25 日）

枯索还是索枯：加强尾声对比

诗是要分行的，为何？除了要显示节奏外，诗行行尾音节的音韵作用也是重要因素。一是无韵行与押韵行尾音节之间的韵色之对比重复；二是行尾音节声调之间的对比变化，可形成不同的情感色彩。举例如下：

> 这片云 / 有我的 / 天下忧（＼＼ / ∨∨＼—＼—）
> 它飘过 / 苍山，万木 / 枯索（——＼—— ＼＼—∨）
> 十九座 / 峰峦 / 一阵 / 缄默（ / ∨＼— / / ＼—＼）
> 二十个 / 世纪 / 悲伤 / 依旧（＼ / ＼＼＼———＼）
>
> ——赵野《剩山》

我们看四个诗行后括号中的声调，第一行结束在第一声高平调的"忧"字上，之后三行的尾音节，都结束在比较压抑沉重的第三声"索"字，和第四声的"默""旧"二字上。

把这四行诗反复吟诵几遍，就会感觉出四个行尾声调对比不够，过早地从苍凉一闪跌入了低诉，而不像大悲痛的呐喊。

要扭转这种声调色彩不够强烈的办法，其实也很简单，比如我们将第二诗行行尾双音节拍"枯索"二字互调一下，成为"索枯"，其词义并无大异，但却让第二行尾音声调也结束在高平苍凉的第一声上。结果就是，四行诗中，前两行都以高平调结束，后两行均以短促低沉的第四声结束，增加了行尾音色的高亢色彩，使四行尾声平仄分量对等，就会感觉对比更

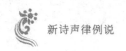

鲜明强烈了。

可见，"枯索"与"索枯"的选择，在需要表现更苍凉的情感和强烈对比时，后者优于前者。

其实，关于并列词组中两个字的声调排列规律，我国古人早有注意。南北朝时的笔记《世说新语·排调》第十二则记载："诸葛令、王丞相共争姓族先后。王曰：'何不言葛、王，而云王、葛？'令曰：'譬言驴马，不言马驴，驴宁胜马邪？'"。就是说东晋尚书令诸葛恢和丞相王导两人争论姓氏的优劣先后。王导为说王姓优于葛姓，以人们口语习惯为证："为什么不说葛、王，而说王、葛？"诸葛恢巧妙回答："譬如说驴马，不说马驴，驴难道胜过马吗！"不仅说明习语并列先后是出于音韵而非优劣，并且顺便将王导讽刺为驴。

近代学者余嘉锡在《世说新语笺疏》中明确解释说，凡两字连续而有平仄声的不同，总是平声字在前，仄声字在后。

当然这是从语音一般规律而言的，仄声字作为词尾，在听觉上给人稳定的感觉。所以若无特殊语义要求，并列词多以仄声（普通话中的三四声）结尾。比如人们习惯说"男女"或"男男女女"，而不说"女男"和"女女男男"。你若以为这全因古人重男轻女，那就偏颇了。

但我们在诗歌创作中，却不该毫不思索地顺口习语，而更应考虑表情的需要，正如上引诗例，仔细斟酌"枯索"和"索枯"哪个声音上更能表现作者所要传达的情绪。

（2021 年 7 月 9 日）

208

"声响"与"声音"哪个悲凉

现代汉语普通话中的第一声，是一条平直的音线，因此在听觉上就给人平直高亢、庄严宏大，或者悲伤寒凉的声音色彩。在诗歌中那些关键词语或节奏点，恰当地选用第一声调的字或词组，就可充分地传达上述类型的情绪意境。

我们看一个诗例，是新文学干将刘半农的《落叶》：

秋风把树叶吹落在地上，
它只能悉悉索索，
发几阵悲凉的声响。

它不久就要化作泥；
但它留得一刻，
还要发一刻的声响，
虽然这已是无可奈何的声响了，
虽然这已是它最后的声响了。

诗中的"声响"是一个被反复强调的声音意象，以图用之传达落叶"悲凉""无可奈何"的情绪。但其声调却不太悲凉。因为在这个双音拍的结尾重读处，作者用了第三声调的"响"字。而我们知道，第三声调是一个由高向低再转向高的曲折音线，发音时间又是四个声调中最长的，加之

口腔为发转折调处于高度抑制，使声调听起来具有饱满含蓄、充满热情的声音感觉。因此"声响"吟诵出来，声调明显与"悲凉"相去甚远。

我们试将诗中所有的"声响"都换成两个第一声高平调组合的"声音"二字，再去反复朗读几遍并与原作对比，肯定会感觉声调更显悲凉了。

这不仅因为"音"字的第一声比第三声调的"响"字高亢寒凉，而且在于韵色上也有差异："响"字是 ang 韵，"音"字悬 ing 韵，虽然都属于比较冷色的鼻音韵，但 ang 韵中的元音音素 a 比 ing 中的音素 i 更响亮一些。因此，同为鼻音韵的"音"字，比"响"字的韵色要更冷一些。

综上，以"声音"替换"声响"，明显更能有效传达此诗的悲凉色彩。

刘半农是著名的语言学家和音韵学家，理应能敏锐地感觉到上述语音与诗情的矛盾。如果不是他疏忽的话，我们唯一能猜到的理由，那就是诗人是否希望用充满热情和亮色的"响"字，反衬落叶必然死亡的悲剧命运，以隐喻落叶的执着和不顾一切？

这只能是猜想。但我以为，诗人已在诗句中明白写出了"但它留得一刻，还要发一刻的声响"，似再无必要在塑造落叶悲剧命运的、全诗最重要的那个声音意象上，用"响"字损害悲凉色调了。

可见，还是"声音"优于"声响"，因为它悲凉的声调色彩更符合诗的内容情感。

（2021 年 10 月 28 日）

第三声的热力

我们已多次说过，现代汉语第三声调的发音具有热情、含蓄、饱满的听觉色彩。

舒婷的《致橡树》是运用第三声热烈而饱含深情的语音色彩，以及与衣（i）韵亲昵韵色相结合，充分表现作者挚爱之情的典型诗作。全诗如下：

我如果爱你——（∨／∨＼∨）

绝不像攀援的凌霄花，（／／＼—／＼／——）

借你的高枝炫耀自己；（＼∨＼——／＼＼∨）

我如果爱你——（∨／∨＼∨）

绝不学痴情的鸟儿，（／＼／—／＼∨／）

为绿荫重复单调的歌曲；（＼＼—／＼—＼＼—∨）

也不止像泉源，（∨＼∨＼／／）

常年送来清凉的慰藉；（／／＼／—／＼＼＼）

也不止像险峰，（∨＼∨＼∨—）

增加你的高度，衬托你的威仪。（——∨＼—＼＼—∨＼—／）

甚至日光，（＼＼＼—）

甚至春雨。（＼＼—∨）

不，这些都还不够！（＼＼——／／＼）

我必须是你近旁的一株木棉，（∨＼—＼∨＼／＼＼—＼／）

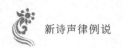

作为树的形象和你站在一起。（＼／＼＼／＼／Ｖ＼＼＼树）

根，紧握在地下；（—ＶＶ＼＼＼）

叶，相触在云里。（＼—／＼／Ｖ）

每一阵风过，（Ｖ／＼—＼）

我们都互相致意，（Ｖ／—＼—＼＼）

但没有人，（＼／Ｖ／）

听懂我们的言语。（—ＶＶ／＼／Ｖ）

你有你的铜枝铁干，（ＶＶＶ＼／—Ｖ＼）

像刀，像剑，也像戟；（＼—＼＼ＶＶ）

我有我红硕的花朵，（ＶＶＶ／＼＼—Ｖ）

像沉重的叹息，（＼／＼＼＼—）

又像英勇的火炬。（＼＼—Ｖ＼Ｖ＼）

我们分担寒潮、风雷、霹雳；（Ｖ／——／／—／—＼）

我们共享雾霭、流岚、虹霓。（Ｖ／＼Ｖ＼Ｖ／／／）

仿佛永远分离，（Ｖ／ＶＶ—／）

却又终身相依。（＼＼———／）

这才是伟大的爱情，（＼／＼Ｖ＼＼＼／）

坚贞就在这里：（——＼＼＼Ｖ）

爱——（＼）

不仅爱你伟岸的身躯，（＼Ｖ＼ＶＶ＼＼——）

也爱你坚持的位置，（Ｖ＼Ｖ—／＼＼＼）

足下的土地。（／＼＼Ｖ＼）

——舒婷《致橡树》

全诗共 36 行，诗行后括号内为声调符号，其中韵句 21 行，超过一半，均押衣（i）韵，一韵到底。

我们曾说，在现代汉语普通话的韵母中，衣（i）韵因口腔共鸣狭小，音色紧密，让人在听觉上有接近、亲昵、可爱、友谊、爱意、私密的联觉作用。舒婷此诗就选择了衣韵，以表现爱意。

而诗中 21 个韵字，有 11 个为第三声，超过一半。全诗 258 个字里，算上韵字和非韵字，共有 58 个第三声调字，占比超过 22%。

我曾对商务印书馆 2017 年第 11 版《新华字典》作了逐字统计。该字典共收字 9469 个，其中第一声 2389 个，约占 25.2%；第二声 2447 个，约占 25.8%；第三声 1560 个，约占 16.5%；第四声 3006 个，约占 31.7%；轻声：67 个，约占 0.7%。

可见，第三声在舒婷的这首小诗中，明显超过了它在常用汉字中的平均比例，自然在吟诵的声音效果上，就突出了第三声调那种饱满柔软、内含热力的音调，更充分地表现了作者所要传达的热恋之情。

我将这种利用声调传情达意的手段称为声高优势。即有意识地选择具有某种声音色彩的声调——比如第一声的高亢、庄严、悲凉，第二声的轻扬、辽远、淡漠，第三声的热情、柔软、饱满含蓄，第四声的坚硬、确定、短促等，使其在全诗或某些诗行中占据音节的声调优势，从而让语音色彩成为表现诗之内容情感的修辞手段。

（2021 年 7 月 11 日）

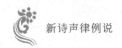

第三声的迟缓效果

　　现代汉语普通话的四个声调，虽然发声很短暂，但仔细听，尤其是对于听觉敏感的人来说，仍然是有一定时长的。音响学上的术语叫"时值"。

　　正因为声调是一个有时值的声音，即在一定时间里音高的起伏变化，才像音乐中一个简单的旋律一样，表现出特定的情感色彩。比如，第一声是个等高旋律，即一个音高的持续，因而听觉色彩是高亢辽阔；而第二声是一个由低向高的旋律，就让人感觉轻扬淡远；第三声是曲折旋律，听起来具有含蓄热情的音响色彩；第四声则是一个由上而下的快速降调，让人感觉沉重确定。

　　从时值上看，第三声由于在音高上转了一个弯，即由高向低再向高，肯定占用的时间比另外三个声调都要长些。因此，第三声的汉字，读起来就会让人在听觉上，感觉比其他声调的字要慢一些。

　　同时，在发第三声的汉字时，因为声调有个转折，我们的口腔紧张度就要高于其他声调。这是造成第三声听起来含蓄缓和的原因。

　　在诗中恰当地选用第三声的字，利用其声调特色，可以更好地表现平静、含蓄、热情、饱满的感情色彩。

　　让我们看个例子：

　　　　古镇上有两种声音（ V \ \ V V ——）
　　　　一样的寂寥；
　　　　白天是算命锣，

夜里是梆子。

——卞之琳《古镇的梦》

第一行中，8 个音节中用了 4 个第三声调的字："古""有两种"。其中"有两种"是三个第三声紧密连用。当然，在普通话中，两个第三声连读时，前面的第三声有变调为第二声的倾向，比如此例中的"两种"二字，快读时，"两种"发音近似"良种"。但在语速较慢时，变调并不彻底，仍会有转折音色。

总之，当我们朗诵卞之琳此诗第一行时，一定会用一种缓慢平静的叙说音调。尽管"古镇上"和"有两种"都是节奏应该较快的不稳定三音拍，但由于四个第三声调字的存在，明显地在声音上发挥了迟缓的作用。

要体会第三声的这种作用，我们可以试着在不改变诗意的前提下，把能用其他字替代的第三声字，换成其他声调的字。比如：

那镇上存两个声音（＼＼＼／Ｖ＼——）

只剩了一个"两"字是第三声，难用其他同义字替换。但再吟诵几遍并与原句对比一下，就会明显感觉，语速更快一些了，两个三音拍"那镇上""存两个"也更具不稳定的跳跃性了。不再像平静缓和的低语叙述，更像急切的倾诉了。

（2021 年 3 月 9 日）

第三声连用的效果

我们已说过，现代汉语普通话四个声调中，第三声（符号∨）是时值——即发音时间最长的一个声调。发音过程先从高向低，又转向高，中间有一个曲折。为了发出这样的声调，我们的口腔肌肉就须处于紧张的控制状态，因此加强了语音的共鸣程度，也减慢了发音速度，使音色比其他三个声调更厚重含蓄，让人感觉热情饱满。恰当地使用第三声调字，可以传达诸如热烈、深情、含蓄、柔软、饱满的情感色彩。

如果在两个音节构成的双音拍中均使用第三声调的字，是否会强化上述色彩呢？答案是肯定的。

虽然声调分析认为，在一般口语实际发音时，若两个第三声连读，则前边的一个字往往被轻读为第二声。比如："雨里"（∨∨）总被读成"鱼里"（／∨），"曲谱"（∨∨）总被读成"渠谱"（／∨）"满语"（∨∨）总被读成"蛮语"（／∨），等等。

但诗歌吟诵不同于口语说话，其中两个第三声连读时，前面的第三声往往需要拖长且重读，其第三声的曲折就更明显了。于是，两个第三声饱满含蓄热情的叠加效果会更突出。试举例如下：

是谁将／百里／漓江，（＼／—∨∨／—）

染成／浓碧？（∨／／＼）

是谁在／晶莹的／水底，（＼／＼—／＼∨∨）

铺下／片片／芳草地？（—＼＼＼—∨＼）

——袁鹰《浓碧》

216

第一行用"百里"两个第三声构成的双音拍，增强了诗人对所写景色的含蓄之爱。全句七个音节中，包含两个轻扬的第二声，两个高平的第一声。特别是行尾"漓江"二字，由第二声和第一声组成，声音色彩轻扬淡远，与我们意象中的山水景色相谐，织成了烟波清冷的画面。如果没有"百里"这个第三声连用的双音拍，换成其他声调组合，比如下面三种：

是谁将 / 绵绵 / 漓江（＼／—／／／—）

是谁将 / 漫漫 / 漓江（＼／—＼＼／—）

是谁将 / 弯曲 / 漓江（＼／———／—）

等等。我们再诵读几遍听听，原诗行中透出的诗人的热情就几乎没有了，只剩了无情绪的疑问和色彩淡远的描写。

诗人在第三行诗句结尾处又用了两个第三声字"水底"，其热烈含蓄的强调色彩就更突出了。

还应注意的是，第三行是第一行的变形重复。不仅语意重复，诗行开头三音拍"是谁在"与第一行的"是谁将"，以及诗行结尾的二音拍"水底"和第一行的"漓江"，都构成节奏重复。

但诗人却将诗行的第二拍由双音节的"百里"，改成了三音节的"晶莹的"，结果第一行的 3—2—2 节奏，变成了第三行的 3—3—2 节奏，原来以两个对称双音拍为主的诗行，变形为两个非对称三音拍为主导的诗行，即：

第一行：是谁将 / 百里 / 漓江（3—2—2）

第三行：是谁在 / 晶莹的 / 江底（3—3—2）

结果是，第三行前面两个三音拍更具轻快的向下推进跳跃性，也与最后"江底"双音拍形成强烈对比。加上两个三音拍的声调都结束在坚硬

217

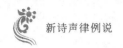

明确的第四声"在""的"字上，就更突出了两个第三声调双音拍"水底"的滞重饱满色彩。

所有这些声调与节奏的选择与组织，都在诗的声音上，让读者或听者把注意力聚焦在那绿色水底，恰当地传达了诗人的情绪。当然，袁先生不一定完全从我分析的层次，有意识地去刻意组织了声调节奏；但这至少是他凭借诗人天赋直觉选择的结果。

（2021 年 7 月 6 日）

"扬""硬"组合的淡漠色彩

在现代汉语普通话中，第二声是一个由低向高滑动的声调，读起来给人一种轻扬淡漠的音响色彩。我们可以用"扬"字代称第二声。而第四声则是一种由高向低下降的声调，而且时值最短，让人听上去坚硬确定，缺少明亮的感情色彩。我们可以用"硬"字代称它。

于是，我们将由前面一个第二声升调，后边一个第四声降调的两个音节合成的双音拍，简称为"扬硬"组合。比如下面这些词组：

缘份（／＼）、河岸（／＼）、离恨（／＼）

难过（／＼）、人面（／＼）、流逝（／＼）

都是扬硬组合。虽然意义迥异，但在声调色彩上却都具有上下波动而又淡漠得不冷不热的感觉。因为这一组合中，既没有第一声高亢悲壮的色彩，又无第三声的含蓄热情，加上升降调色彩的互相抵消，尤其是声调结束在短促确定的第四声上，淡漠的感觉是明显的。

如果我们将扬硬两个声调位置调换一下，变成下面这些词组：

去国（＼／）、绿云（＼／）、放逐（＼／）

路途（＼／）、暗流（＼／）、地球（＼／）

反复吟诵并与上一组扬硬组合对比一下，就会觉出，虽然组合的两个

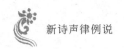

声调未变，但换了位置，由硬声结束变为扬声结束，使硬扬组合与扬硬组合相比，双音拍的尾声更轻扬辽远了许多。

在表现淡漠无情、平静疏远的情感时，选一使用扬硬声调组合的双音拍词汇，会比其他声调组合更恰当。我们举个例子：

那里有深紫色台阶（＼＼∨—∨＼／—）

那里植物是红色的太阳鸟（＼∨／＼＼／＼＼／∨）

那里石头长出人脸（＼∨／／∨—／∨）

——翟永明组诗《女人·荒屋》

这是女诗人翟永明《女人》组诗中的《荒屋》开头三行。此诗蕴含了作者对荒屋的"谣言""阴谋"和"无物可寻"的痛切厌恶，行文与意象布满疏离与冰冷。

但我以为，其中第三声的字词用得太多了。如"里""有""紫""鸟""长"等，读起来的声调，过分热情而柔软亲切，似与作者诗意所要表现的冷漠相悖。

尤其是该诗段结尾的第二声和第三声的扬软（／∨）组合"人脸"一拍，因为处于诗段终止处，需要较重读音和较长停顿，第三声的"脸"字，就显得非常饱满热切了。这显然不利于铺陈后面对荒屋丑陋现实鄙夷冷视的心理情绪。

其实，只要将扬软（／∨）组合"人脸"，换成扬硬（／＼）组合的"人面"，声调色彩就冷漠多了，效果就比"人脸"更符合诗意了。

同样是翟永明这组诗中的另一首《世界》，结尾使用的扬硬组合声调就很贴切：

为那些原始的岩层种下黑色梦想的根（＼＼—／∨＼／／＼＼—
＼＼∨＼—）

　　它们靠我的血液生长（—／＼∨＼＼＼—∨）

　　我目睹了世界（∨＼∨＼＼＼）

　　因此，我创造黑夜使人类幸免于难（—∨，∨＼＼—＼∨／＼＼∨／＼）

　　"幸免于难"使全诗结束在扬硬（／＼）声调组合的双音拍"于难"二字上，表现了"黑夜"并非因爱而拯救人类，不过是冷漠的谎言遮蔽罢了。

　　如果将结句改成：

　　因此，我创造黑夜使人类免于苦难（—∨，∨＼＼—＼∨／＼∨／∨＼）

　　"苦难"二字是第三声与第四声的软硬（∨＼）组合，多少增添了热情色彩，虽然语义未变，但其音色就不符合作者的本意了。

（2021 年 7 月 17 日）

第 5 章　其他

不是分行就成诗

自由体新诗自诞生开始，就不断被人诟病散文化。

确实，诗作为文学体裁之一种，如果没有一些能与散文互相区别的独有特质，它还有什么存在的必要呢？

特别是对于我华夏诗之国来说，把分行的散文混同于诗，无异于对汉语独具的构诗能力的蔑视，无异于对中华灿烂诗文化的亵渎。

中国传统诗词曲赋，与古典散文的本质区别，在于这些被归于韵文的文学体裁，更充分地利用了汉语语音的构诗元素：音节、字韵、声调，组合成语音的乐章，不仅能更鲜明突出地表现诗意，而且以悦耳动听的节奏声调传达诗情之美，并形成丰富多彩的诗律、词牌、曲调等格律，使汉语诗词曲借助语音的艺术，吟哦朗朗，传诵不绝。

古时诗词曲赋，书写和印刷都是不用分行的。因为有格律和韵式，断句并不依赖分行。在那个纸张珍贵、印刷困难的时代，分行无疑就是浪费。

当然，固定的格律公式用于反映今人复杂的生活和思想感情，容易形成限制，因此才有了抛弃格律公式的现代白话自由体新诗。这从艺术形式的解放创新及大众化上说，固然是进步。但进步并非没有代价，代价就是为了断句必须分行书写。

那么我们就要问，是不是分行断句就可以成为诗呢？

很显然，从上述古代诗词曲赋的事实看，它们能形成与散文相区别的诗之文体，绝不是因为分行，而是比散文更加刻意地利用了汉语语音中的

构诗元素——音节、音韵和声调。这才成为了诗。

问题只在于，古人将这些元素弄成了一堆格律公式，不论什么内容都套进去，而不是根据内容感情灵活地使用语音构诗元素，恰当地表达诗思，当然就成了限制。但是，如果我们在打破这限制，抛弃格律公式，解放诗体的同时，把汉语语音的构诗元素也抛掉而不去运用，那写出的文字再分多少行，也不是诗，而只能是散文了。

我以为，这才是许多自由体新诗已不成其为诗的关键所在。

下面就引用网上一位女士的极端散文化的"诗作"为例，展示被称为诗的分行散文，与真诗的区别：

从南山上下来时，天色已晚。
我们就在南山下的小饭馆辞别，
最后吃了一顿地方小炒。
我拍了店门口水龙头滴水的照片，
那时候那一句"滴滴答答等你来"正当被人传唱。
天空下起了雨来，细蒙蒙的，
但寒意有点侵入骨髓，
或许是因为这即将要到来的别离。

我们是相距千里的两个人，
却因为约的是同一个导游而被一同带上南山。
那时候你是洒脱俊美的少年，
直到现在在我心里都一直没有变过模样。
那时候你是洒脱俊美的少年，
而我也还是可爱纯粹的少女。

前半段的时候，我们还不熟悉，

我的相机里只有那些停泊的小鸟被锁进镜头，

还有一些没有被命名的奇松怪石。

后半段的时候，我们途经南山峡口突然遇上了狂风骤雨，

于是我们需要牵手来保持平衡。

脚步被雨水放慢，你走在我的前面牵着我，

我抬起头看到你的身形在暴雨中愈发显得挺拔。

仅是短短两天的旅程，夜宿南山顶，略有浮云经过身畔。

因为天气不好，没有星空，应该也没有第二天的日出可看。

我们在南山顶，喝着前台卖给我们的昂贵啤酒，你陪我听着我爱听的《南山忆》。

我为什么要独上南山？你为什么要远道而来？

…… ……

——《一程山路》

后面还有长长的三段，讲着很动人的故事。为不浪费读者时间就省略了。

真的诗该如何写呢？我不揣冒昧，仅摘取原作的第一段，改写一下，稍许运用一下汉语语音的构诗元素——音节节奏、韵和声调，请大家读读，看是否更近于诗了。

我拟写了三个版本。

律绝式：

南山晚雨乱云飞，

村店青椒翻炒急。

拍下龙头滴水照，

滴答歌里诉别离。

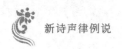
词曲式：

  夕云下南山微雨，

  山路上曲折别意。

  眼前佳肴未动，

  村店粗酒不喜。

  拍下了点点淋漓照

  滴答，滴答，

  断断续续可相忆？

现代自由体式：

  告别了南山晚云

  也将片片心思留在路上

  寒雨渐渐笼了夜色

  村店炉火就分外明亮

  我却只听见水龙滴答

  忘了美酒

  忘了饭香

  于是拍了张滴答照

  愿那甜蜜如我的心跳之音

  能偶尔进你的梦乡

  各位读者以为如何？其中古诗词体式，也用的是现代白话口语。哪个也不能说是分行散文吧。

（2021 年 1 月 22 日）

避免无意识的重复

重复——无论是语词和字义的重复（修辞中的反复、重言、排比、顶针等），还是音韵节奏的重复（押韵、复沓、回环、平仄格等），都是利用语义或语音的反复出现构成的修辞手法。这种修辞尤被诗词曲赋大量使用。

但任何修辞手段，都是人为斧凿的有意识艺术创作。因此，也必须能让读者或听者明确意识到。否则，不仅起不到修辞作用，反而可能造成瑕疵感觉。

比如利用同字或同音字重复的修辞，就是一例。

传统诗歌中，格律严整的律诗，对同音字是有避讳要求的。其一是，除了韵脚处之外，诗行中不应有与韵字同韵之字。其二是，除叠字词外，诗行中不应出现同字重复或同音字。

但古体诗则对此无限制。比如在《诗经》时代和汉乐府等作品中，同声叠韵字乃至同字相叠，是重要的修辞手法，以之形成声音的复沓效果。到了唐代，古体向律体转变时，也有字词重复之作。典型代表是号称唐诗第一的崔颢《黄鹤楼》前四句：

昔人已乘黄鹤去，
此地空余黄鹤楼。
黄鹤一去不复返，
白云千载空悠悠。

其中"黄鹤"重复了三次,"去"字重复两次,这在严格的律体诗中是不允许的。"悠悠"与后四句中的"历历""凄凄"都是叠字词,在律体中是允许的。

但此诗结句"烟波江上使人愁"中的"人"字,与第一句"昔人已乘黄鹤去"中的"人"字重复了,也违反了律体诗的公认规则。可见,虽然《唐诗三百首》将其归于七律,且有不少人为维护此诗"唐七律第一"名头,而以"变律""拗救"等理由辩称其属律体,但我以为还是王力先生的论断较客观:此诗并非严格律体诗,而是古体向律体过渡时期作品。

分析起来,律体之所以避讳重音字,除了追求声音上的变化之外,也与律体严格的句数与字数规定相关。五绝最短,只有四句20个字;七律最长,也只有八句56个字。如此篇幅,不可能像古体诗那样铺陈,而必须要珍惜每个字的效用。

当然,唐人仿古作品以及拟民歌的游戏之作,就故意使用了词语和语音重复的修辞手法,以区别于律体,并造成复沓的效果。如李商隐的《暮秋独游曲江》诗:

> 荷叶生时春恨生,
> 荷叶枯时秋恨成。
> 深知身在情长在,
> 怅望江头江水声。

其中"荷叶""生""时""恨""在""江"诸字都被重复;"深"和"身","长"和"怅"还是谐音字。

而最知名的还是刘禹锡那首仿民歌《竹枝词》:

> 杨柳青青江水平,

闻郎江上踏歌声。

东边日出西边雨，

道是无晴却有晴。

其中除"青青"是叠字外，还让"江"字、"边"字、"晴"字重复，都是明显的修辞手法。尤其是"晴"字还是谐音暗喻"情"字的千古佳话。

但若非因修辞需要，而是无意中未审字音导致的重复，甚至只是同音字，则往往像律诗中的重字重音一样，让人感觉不妥。我们举宋代大词家辛弃疾的《西江月·夜行黄沙道中》前两句为例：

明月别枝惊鹊，

清风半夜鸣蝉。

请注意其中的两个字：第一句的"明"和第二句的"鸣"。这二字明显不是为语音复沓或其他修辞之必要，但它们却是同音字——在《说文》和《切韵》《唐韵》中都是武兵切；在宋代《广韵》《集韵》、元代《韵会》、明代《正韵》中均为眉兵切；在《平水韵》中均为下平八庚韵字。可见自古至今"明"与"鸣"读音无异。

于是，这两句中就出现了同音字重复，在无修辞意义下，发音的重复给人啰嗦累赘之感。其实，词人完全可以避免之。第二句"清风半夜鸣蝉"的动词"鸣"字生动，应予保留；第一句"明月"之"明"，则尽可换作其他音节之字，比如"静月""凉月""晨月""圆月""半月""夏月"，等等，就避开了同音之烦。

现代自由体新诗，由于语言的口语化，在诗中很难避免同字词重复与同音字重复。但若无必须修辞目的，尤其是对于短篇诗作，还是要减少无意义的字词或同音字重复。特别是一行诗内，无意义的同音重复，让吟诵

231

出现音节反复却无原因，感觉莫名其妙。

举两个诗例：

一个小男孩在风中疯跑

他手里的纸风车不停地转动着

我知道，转动的其实不是风车

他犹豫地跑向我的时候

遗失了许多足印与星光

他跑向我的时候，风一直吹着

——方斌《天堂山上的风车》

第一句中至少有两个瑕疵：一是语义上，"小男孩"的"小"与"孩"就犯了类似中国诗学中的"合掌"之病，即比"两句一义"更甚的两字一义。二是语音上，"风"与"疯"同音重复，却无任何修辞之必要，只会同音多余。

即使著名诗人，若不仔细吟哦推敲，在那些节奏关键处，也会有无意重复的瑕疵。比如女诗人翟永明的《静安庄》组诗中的一段：

已婚夫妇梦中听见卯时雨水的声音

黑驴们靠着石磨商量明天

那里，阴阳混合的土地

对所有年月了如指掌

我听见公鸡打鸣

又听见轱辘打水的声音

第一行结句"声音"一词，又在第六行结束处重复了，但纵观全诗，这种重复并无特殊意象。况且，"已婚夫妇梦中卯时雨水"的声音若要勾连清晨公鸡打鸣和辘轳打水，恐怕最后一个"声音"改作"歌唱"，甚或"呻吟"更好些吧？

（2021 年 7 月 22 日）

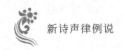

跳出语言老化困局

诗是语言的艺术；艺术都是人为、主观、刻意、斧凿的创造——当然，高超的艺术是不露斧凿痕迹的。

因此，如果诗人放弃了诗之语言和语音的追求，把诗写成随意而言的口语大白话，无论思想多深刻，内容多奇特，也只是散文而非诗。

所谓散文语言的随意性，是指言者只求达意，而沿用共同习惯或众约俗成的字汇语句，最终落入语言老化俗套的困局。而诗，不仅在语词意象乃至语法上力求创新，在语音上也力求区别于散文，这就是声律存在的依据。因为只有这样，才能使诗从内容和形式上，对读者听者更具心灵与听觉冲击力，使人在新奇中感受艺术创造的美。

要让诗歌跳出人们口语散文习以成俗的陈腐滥调，就须刻意关注诗的语义创新和语音选择。其实有时只要创作者稍作改变，即可让人耳目一新。

我们看个例诗：

要开花了
明天，我闭门谢客

活着就不要脸了
你涂改的黄昏反手啄食它
对比普惠之神恭敬如从命

笼中的鸟哦

高高在上的白云哦

只有间间空得自然的阁楼

看不见出出进进

看不见女女男男

在温暖与温暖之间

在贫穷与贫穷之间

伟大的人什么都没说出口

可你知道吗，那些拥挤

……要开花了

——王永超《困局》

　　这是一首写得很有新意的小诗。其隐喻象征我们不宜揣测，但其中"涂改的黄昏""空得自然"，都是能引起读者特别关注，令人感觉新奇张力的意象创造。

　　但我却更关注其中一个小小的，看似简单实则巧妙的语音修辞手法，就是第三段第三行的"女女男男"四个字的反常组合。

　　四字习用词"男男女女"，是俗熟得极端平淡无奇的形容人众之语言，大家说话著文时，几乎全会不假思索地随意而用。至于为什么要先男后女地排列，一般不会有人去问。其实这种排列偏好背后肯定是有原因的。大概一是文化中重男轻女、先男后女的观念；二是语音上，把上声去声字放在词尾，声音上无疑更具稳定性。因此当男和女二字并列组合，且前后调位并不影响语义时，习惯上会将第三声（上声，古称仄声）放在词尾。与之相似的还有，人们习惯说"卖儿鬻女"，而不说"卖女鬻儿"。

　　但长此以往，语言就会老化，不再具有鲜明感和刺激性，缺乏表情达

235

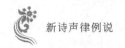

意的艺术感染力量。

然而王永超先生却显然认真地、刻意地思索了一下，轻轻地、简单地将男女二字对调了一下位置，就产生了鲜明新活的语音修辞效果。

他从何角度思考的我不知道。但由效果上看，除了语义上具有新意外，更重要的是在诗的语音声律上符合节奏与感情的内在要求。

其一是，"女女男男"把平声字放在诗行句尾，与上一行同为双声复音的"出出进进"的仄声尾字构成对比变化，让这两行既在语法构词上形成突出的重复——句式重复、词汇重复，立刻把小诗关于生命单调贫穷空虚的主题意象展现出来，却又避免了两行句尾均为仄声调的重复，可能导致过分低沉压抑。因为诗人这里明显不是只有痛苦的描述，还是夹杂了年轻生命在现实苦闷前的激愤与渴望。

其二是，"女女男男"句尾的第二声轻扬声调，很容易造成向下一行句尾"之间"的声调共鸣，不仅韵色相同，声调也都是平声，声音与情感的连续是很明显的。

如果你不信我的分析，可以把"女女男男"改为习用的"男男女女"，再吟诵几遍，仔细听听效果如何。除了语义上不能引人注意外，最主要的就是，语音和诗意情感在"男男女女"与下一句之间似乎有较长的断裂，甚至可以在此结束，或另起一段了。

当然，肯定会有人说，"女女男男"换回"男男女女"，我也没听出有什么不同啊。那我只能说，人之间耳朵辨音并对声音刺激形成敏锐"联觉"（心理学概念，指感官共享能力，如从声音中听出色彩感觉）的能力是不同的。如果你缺乏联觉，听不出语音声韵在诗中的表情达意作用，你就不必写诗了，去写散文吧。

一个耳朵听不出大音程和小音程，大调和小调声音上色彩不同的人，肯定不适合去当音乐家作曲了。

（2020 年 9 月 28 日）

错字法：特殊修辞

汉语文字一个重要特点，就是一字一词多音多义。于是，谐音借义和双关就成为一种修辞手段。古诗词中就有不少，最典型的就是刘禹锡的《竹枝词》：

> 杨柳青青江水平，
> 闻郎江上踏歌声。
> 东边日出西边雨，
> 道是无晴却有晴。

这里，"无晴""有晴"明显是"无情""有情"的双关，就是用了谐音修辞手法。另外还有以"丝"谐"思"（李商隐"春蚕到死丝方尽"），以"烛伊""围棋"谐"嘱伊""违期"（温庭筠《杨柳枝》），以"乡"谐"想"，以"流"谐"留"等很多。

白话自由体新诗兴起，诗句不再受格律字数限制，写景摹物抒情尽可精细入微，似乎以谐音双关的修辞就绝迹了。

但近日在网上看到一位网友创作的小诗，却很有意思：

> 不是一棵树，穿上绿叶
> 而是梨花，救了杨春白雪
> 不是一张池，穿上红莲

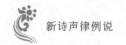

而是小荷，初露了尖尖脚

让我相信大雁南飞
在月亮深处，小桥流水
让我怀疑渔歌唱晚
在驿外断桥，白鹭霞归

整个冬季，只下一朵雪花
茫茫天空，不知如何留住她
你呀你呀，两岸青山相对出
你呀你呀，一片白帆日边来

你穿旗袍，真好看
我只想去我读过的书中
除了那一个惊叹号
将删除所有的标点

还删除，丰满中的弯道超车
还删除，骨感中的嶙峋浅滩
删除，在沧海中那些沉舟侧半
删除，在花丛中那些左顾右盼
骏马上，一溜飞鞭
岁月里，一溜飞鞭
那种响响的，一鞭，就夜半钟声到客船
那种爽爽的，一鞭，就千里江陵一日还
你穿旗袍，像那传奇，真的好看，好看

——龙尤《你穿旗袍真好看》

　　猛一读，当然以为作者写错了字："阳春白雪"错为"杨春"，小荷的
"尖尖角"错为"尖尖脚"，"沉舟侧畔"错为"侧半"。但又细想，能引用
这些经典词语的人，短短数行中，连续发生错字是不可能的。于是恍然大
悟，原来作者故意用谐音的"错"字，来修饰穿旗袍的女人之美：她的挺
拔生机如春天的杨树；她轻盈的双脚美如尖尖小荷；至于"沉舟侧半"，
则直言已死过半的旧船了。

　　我孤陋寡闻，不知新诗史中有否这种"错字谐音修辞法"。如果没有，
这位作者应该是首创了！

　　诗词本来是一种语言游戏。挖掘语言之语义语音的种种巧合及比喻、
象征和联觉的可能，也是诗歌独特的重要表现手法。早在《诗经》时代，
人们就公认有些诗篇，比如描写秦穆公以良臣殉葬的《秦风·黄鸟》就
使用了语音双关的修辞手法，以"棘"谐"急"，以"桑"谐"丧"，以
"楚"树的楚谐"痛楚"，等等。

　　当然，大量过多使用这种谐音、双关、假借的修辞手段，也会导致文
意模糊或造作之嫌。即如上引之作，幸亏他连续使用谐音借字，才让我意
识到并非错字，否则很难明白作者的用意，只会认定错字了。

　　又幸好，自由体新诗比旧诗进步之处，在于可使用标点符号。因此我
建议上引小诗的作者龙尤先生，应在那些谐音字上标以双引号，如：

　　　　而是梨花，救了"杨"春白雪

　　　　而是小荷，初露了尖尖"脚"

　　　　删除，在沧海中那些沉舟侧"半"

以示特殊引起读者注意，防止误为错别字。

　　我这里只是以网友诗例说明一类修辞，至于此修辞手法所造成的效
果，是否与作者要传达的情感相符，则是另一话题了。比如，此例中，
"阳"谐为"杨"尚属美文意象，而把"尖尖角"改为"尖尖脚"虽不失

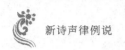

准确，但略显滑稽，似与旗装美人之高雅有距离了。

诗意出新是诗歌创作的重要追求。下面再举本书作者一首与上述"错字修辞"相类的旧体小诗为例：

> 总恋书香墨色亲，
> 犹如交友万千人。
> 布衣贫病何所有，
> 学富三车鬓似银。
>
> ——《读书》

"学富三车"显然是成语"学富五车"的化用。因"五车"有让此句犯孤平之嫌，故改为"三车"，一者合平仄，二者表自谦，三者跳出俗套以出新。

（2020 年 8 月 31 日）

转折词的语音选择

转折是语言逻辑的重要元素。除了语义的递进外，也常包含情感的发展，比如增强、减弱、冷热转换、境界的扩大或缩小等。

诗是语音的艺术。注意，这里说的不是语言，而是语音；因为一切文学作品都是语言的艺术，独有韵文尤其是诗歌，才刻意运用语音的艺术手段。

因此，诗歌在表现语意和情感转折时，尤其要注意转折词的语音选择，使其能够更好地传达我们所要表现的情感心态。

请读下例诗段：

> 抖擞着发出红色的呼喊：
> 淹没？不！
> 我不情愿……
> 但紫色的波已侵蚀了一半
> 温情的涛声正嘲笑你的枉恋
> 　　　　——《日恋：烟台观夕照并致左派革命者》

其中第四行转折处用了"但"字，其实也能用"可"字的。不过你若仔细聆听感觉"但"与"可"两个字音声调的不同，就知道它们适用不同的情感表现。

"但"是鼻音 an 韵，色彩较冷；又是第四声，声调上直降而止，给人

241

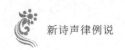

短促、坚硬、确定的声音色彩感受。因此比较适合表现此段诗中，作者对"左派革命者"的无情嘲笑、蔑视的冷淡情绪。

而"可"字属开口呼 e 韵，音色比鼻音 an 韵温暖；声调是第三声，时值在四声中最长，且有转折，读出来给人含蓄而饱含热情的感觉。如果这段诗只是"被侵蚀了一半"的"左派革命者"自己的自叹自怨，则用"可"这个 e 韵第三声含蓄，而且比"但"字轻软的转折词，就更合适了。

顺便说一下，此段诗的节奏也较为恰当。尤其是第四行，为了表现海波冲击的意象和作者激烈情感，使用了连续掺杂不稳定的单音拍的手法，形成诗行节奏的跳跃：

但＼紫色的＼波＼已＼侵蚀了＼一半（1—3—1—1—3—2）

设想将节奏改成以双音节对称拍为主：

但是＼紫波＼已经＼侵蚀了＼一半（2—2—2—3—2）

则原诗句那种跳跃激荡的节奏感，及其表现出的强烈批判情绪就没有了。

（2020 年 12 月 28 日）

推敲与精致

古人做诗重推敲。推敲之典虽源出二流诗人贾岛，但传说中得到大文学家韩愈认定"敲"字优于"推"字，却已说明声音对诗词的重要性。首先，推与敲虽同为动词，但推无声敲有声，声音与色彩都是使诗文意象生动鲜明的重要元素，因此有声胜无声。同时，"推"字是闭口韵，"敲"字是开口韵，后者更响亮些，尤其是在原诗句"鸟宿池边树，僧推月下门"中，除"鸟"和"下"外，多为闭口韵字，音色暗淡；而将"推"换为"敲"后，诗句声调立刻在"敲"字上高昂明亮起来了。

诗词歌赋是语言文字的艺术，除了与散文一样追求立意、情感、语象的美好外，尤其注重语言文字的声音节律韵色等构诗元素。可以说，讲究用字遣词的精致，是写诗的必然。这种必然，在中国古典诗词中，竟演化成格律词牌及对仗等一整套近乎严密的文字游戏公式。

今日自由体新诗抛弃这些束缚思想的格律公式，当然是进步。但不要公式，却不应该抛弃汉语语音的那些独具优势的构诗元素。因为我们要写的是诗，而不是散文；又因为我们还必须用现代汉语来写诗，而不是用其他语言来写，所以只能利用汉语的构诗元素——音节、韵色、声调，来构成与散文相区别的诗歌。

总之，写诗尤要推敲文字，不仅从语义的表情达意上去推敲，更要从语音的构诗元素如何恰当反映诗的情感上进行推敲，以求诗的艺术精致。

可惜许多新诗作者恰恰忽略了诗的语言特质，以为靠了思想和语象的新奇，即可写出好诗。结果制造了大量分行书写的语言垃圾。

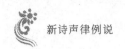

就是一些被评论者认为优秀的新诗作品，竟也存在明显的语言语音欠推敲、不精致的情况。

例如作品《暴雨》的最后一段：

> 有时，我也想象一场暴雨
> 是另外的自己
> 哗啦啦地落在镜子里
>
> ——安乔子《暴雨》

其中最粗糙随意的用字，就是第一句的"想"和"象"二字。从诗句语意上看，这句的正确语意划分应该是：

> 有时 / 我也想 / 象一场 / 暴雨

但因为"想象"是一个常用词汇，当这两个字紧密相邻时，语意划分也可以是这样了：

> 有时 / 我也 / 想象 / 一场 / 暴雨

无论语意还是节奏，同样成立。这种两个语意节奏都成立的情况，不利于精准明确传达诗意。而且，后一种划分使诗句成为 5 个对称的二音节节拍组合，节奏单调而平缓，与作者的感情不符，不如第一种 2—3—3—2 节拍组合节奏那样充满激情。

另外，"想"和"象"二字声母韵母完全一样，区别只在声调，"想象"就是双声叠韵词。它们俩连在一起，听觉上本就有同音节重复的感觉，让诗句多少有点拗口。

要避免上述问题，只要写作时多读几遍，认真听一听，然后选择更恰当的字词就可以了。比如在此例中，把那个"象"字换成"作"或"似"，无论语意还是声律上，效果都会更好。

（2020 年 7 月 12 日）

再精致一点

　　小时候总不解，写小说的为什么叫"作家"。长大了方才明白，因为他们是写作的专家。所谓专家，除了要具备思想的深刻，人生体悟的独到，观察生活的细微，编织动人情节的丰富想象等才能之外，尤其必须善于把控语言文字，以便精准地传情达意。

　　你有再伟大的思想，再美好的故事，不能用准确精致动人的语言文字表达出来，并打动听者读者，也是枉然。

　　诗人是作家之一部分。诗歌创作在把控语言文字方面，其要求应更高于写散文的作家。因为诗歌除语义上的准确、形象、生动、创意之外，真正的诗人，还须具备对语音的敏感和驾驭能力，使之成为传情达意的重要手段，以此突出诗歌与散文的体裁区别。

　　诗歌者，主要是用来歌诵的，因此选字遣词尤重听觉效果，而非字面视觉。但许多诗作者却于此缺乏深入细致推敲。

　　请看下例：

　　　　影子轻轻掠过湖面

　　　　似因喜悦荡起了涟漪

　　　　秋日的黄昏，如此的温柔

　　　　此时／我不想／像／一朵花／那样／盛开

　　　　此时／我想／像／一片／叶子／那样／颤抖

　　　　　　　　　　——羽微微《秋日的黄昏》

看第四、第五行。这是严格按现代汉语语法规则划分的词序，也可认为是自然口语的基本节奏。当然，在实际吟诵中，不同的人可能会根据自己的理解，有意无意地调整基本节奏，使其发生变化。比如第四行，如为强调"我"，而将其单列一拍，在"我"与"不想"之间添加一个停顿，也是可以的。

但无论如何，按照诗意，绝不能取消"想"字与"像"字之间的停顿，甚至不可停顿太短。为什么呢，因为"想"与"像"二字紧密相邻，若想与像之间不划分为两个节奏单位，就很容易将"想"和"像"两个连用的动词，混淆成"想像"一词。（注意，虽然按 1996 年新编《现代汉语词典（修订本）》的规范，"想象"作为词汇要用"象"而非"像"。但大多数人并不辨析而仍然混用。）

如何避免这种混淆呢？那就是更仔细地选字遣词。汉语的一大特点，就是语词丰富，同义词、近义词众多。比如我们试将上例中第四、第五两句改动一下：

此时 / 我不想 / 如 / 一朵花 / 那样 / 盛开
此时 / 我要像 / 一片 / 叶子 / 那样 / 颤抖

即将第四句的"像"字换成"如"，把第五句的"想"字换作"要"，就不会发生上面说到的混淆问题了，诗句语义仍未改变。读者吟诵起来，有效避免了语义节奏的混淆，诗意更明确清晰了。

之所以会发生语义和词序节奏的混淆，是因为汉语是一种典型的韵律性突出的语言，人们在使用时，总是在语音上倾向于构成韵律节奏，比如两个音节一顿（拍），再由这些韵律单位组成语句。现代汉语韵律学的共识是，汉语韵律构词的原则是以双音节为基本韵律词（即所谓"二分原则"），以及右向原则（见冯胜利、端木三、王洪君等主编的《汉语韵律语法丛书》）。

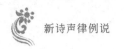

汉语古诗词等韵文，就是典型的韵律节奏型语言。其中固定的节律型，甚至凌驾于语意之上。比如杜甫《十月一日》诗有句：

夜郎 / 溪日暖，（2—3）
白帝 / 峡风寒。（2—3）

从语意上说，显然应该是"夜郎溪 / 日暖，白帝峡 / 风寒"。但由于五言诗的固定韵律格式是 2—3 结构，所以只能读作上面的声音节律了。

这样的例子还有很多，甚至其语义与韵律之间的矛盾，还形成一种突破语义固化的张力，成为一种被古人重视的诗法。

现代汉语自由体新诗，因抛弃了古诗固定的格律公式，并以口语入诗，因此一般不会发生上述语义与节律的矛盾。然而现代汉语仍是一种韵律语言，只是没有固定的韵律格式。但韵律词的双音节和右句的基本规律仍存在，不过不再凌驾于语义之上而已。即在我们讲话时，韵律规则一般是从左向右，倾向于把语词划分为两个音节的基本韵律节奏。但当这种韵律划分与语义发生矛盾时，应以语义的准确为原则。

显然，上述"想""像"相邻，容易与"想像"混淆造成歧义时，作为诗歌吟诵时，就给韵律划分造成了困难。读者很容易将二字连读构成双音节韵律词。因为在诗作中，人们更倾向于以韵律划分词汇。

由此而知，诗人在写作中遣词用字时，不能只顾语义，以为自己明白了就行，以为能从文字书面上看懂就可以了。因此随性而为，对诗的韵律性毫无感觉，那样是写不出好诗的。即使思想再伟大，意境再深远新颖，也会在语言语音上发生瑕疵。

要避免的办法也简单，就是写得再精致一些。诗本是语言尤其是语音的艺术，写完后多读多听几遍，就会发现问题而予修改。

（2021 年 1 月 15 日）

248

诗之唯美

若欲简洁定义诗，我以为可用二字概括之：唯美。

或说诗要有思想。但什么文字不是在表达思想呢？可见思想不是诗之追求的特质。当然所谓诗之思想，说的是立意高下、视野大小、洞察深浅、品质优劣，等等；然诗的思想，其表现形式及方法，仍与政论文、抒情文、记叙文，乃至小说散文等文学体裁有重大区别，即唯美。

广义散文有说理者，有记事者，有抒情者，有讲故事者，各有文体规范的追求，但绝不将唯美置于作文的必要条件或首要标准。

唯有诗歌，无论思想多深刻，若文辞不美，都会流于口号；无论故事多感人，若节奏不美，都会类同史料；无论情感多充沛，若意象不美，都会近似说教。

或曰诗要具人性。可任何文学作品若要浸润人心并流传后世，不是都要触及人性吗？但小说可以直接描写凶杀淫乱、卑鄙欺骗等种种肮脏污秽；剧本可以真实演绎屠戮乱伦乃至变态下作心理；目的当然是撕开丑恶，警醒世人，而非重点让读者从审美中获得心灵感动。

唯有诗歌，其形式之简约，排除了众多只能解剖写真的题材；其声律之规则，不宜铺陈一切俗世细节。其中高雅者，意境思绪的清丽自不待言；即便民谣打油，也不忘立意之美及音律合谐。

可见诗之文体首在唯美。

诗的思想应该是美的。孔子曰"里仁为美"，诗人若无高尚美好的心灵，当然不可能写出美好的诗篇。历史和现实中那些御用颂圣、阿谀权

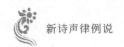

贵、谎言欺世的诗作垃圾，只能是丑恶社会里丑恶之徒为博名利的下作分泌。没人将其视为诗！

诗的内容应该是美的。诗的文体本身就决定了它不可能包罗一切题材内容。我国南北朝时著名文学理论家刘勰在《文心雕龙·定势篇》中论述文章体裁与风格的关系时，明确指出："赋、颂、歌、诗，则羽仪乎清丽。"意思就是说，诗歌文体本身就决定了其内容题材和表现形式应具清高雅丽之美。

或说王国维先生的《人间词话》，曾引尼采之言："一切文学，余爱以血书者。"似可反证诗词也不排斥血腥残恶之写实。但我以为此乃误读。静安先生本意不过以尼采语极言写诗要有真切感受，真情才是美的基础而已。因此，"故能写真景物、真感情者，谓之有境界。否则谓之无境界。"

诗歌当然可以也应该鞭笞现实。但它毁灭丑恶的武器不是刀剑，而是唯美理想的歌唱。不信你翻遍《人间词话》，看他引的那些例诗，哪里有血腥之描写？哪篇以污秽丑恶为题材？

诗的语言尤其必须是美的。除了诗歌只有用美好的语义构象，才可创造美好的意境之外；更重要的是，诗的语言与散文最大区别，还在于语义美之上，尤应追求语音之美。

疾徐有致的音节节奏，如歌拍舞步，律动于心；让诗情思绪复沓推进，易吟易诵，悦耳感人。

和谐统一的尾音韵律，如音乐之主音，不漫不散，振荡往反，弹性丰富又调性统一；使诗之内容气贯如虹，声意相依。

起伏悠扬的声调色彩，如无数旋律片断；不仅能够高低相谐，跳跃对比，而且可以增强语义的感情表达。

正如刘勰《文心雕龙·声律》所言："故言语者，文章神明枢机，吐纳律吕，唇吻而已。"一言以蔽之："音以律文，岂可忽哉？"

由上可知，诗之追求首在唯美二字，似无可争议。虽不能定义诗之全部，至少是诗区别于其他文体的要义。

（2021 年 11 月 8 日）

第6章 附录

汉语古音今音"优劣"论

　　首先解题。语言与语音从来就是变动不居，且有时间地域差别。本文所说汉语古音，只指古代韵书书面材料所反映的官定音韵系统，并非某个具体时间具体区域古人的真实语音——因为那真实早已湮灭。而汉语今音，则仅指以汉语拼音方案为准的普通话。

　　随着近一二十年古文化热的兴起，关于古汉语语音的研究探讨，也走出原来囿于少数语言学家的书斋，成了网络热点话题。特别是个别语言学者，或为普及古汉语知识，以期引起大众对自己学识的关注，突破了汉语音韵学的"拟音"——只是从发音方法和部位对古声韵分类——的传统，搞起了以今日汉语方言语音为参考的"新拟古音"，即企图复原汉语古音，于是网上盛传各种拟古音的诗词文赋朗诵音频。

　　当然，这些拟古音频大多只是少数语言学研究者的一家之言，并未取得学界共识。其中一些还过分追求上古汉语可能存在的双辅音甚至多辅音的复音节，结果把古汉语语音搞得如同斯拉夫语音。更重要的是，由于古代没有录音设备，古人发音的真实情况不可能留存。今人研究古音，当然可以从古韵书、古诗文等书面资料，以及各方言中保留的古音遗迹，进行推论；但要原汁原味地复原古人发音，则根本是不可能的。这应该是语言学界的共识。

　　但正是这些类似噱头的拟古音频，也引起了汉语古今音优劣的激烈争论。尤其是许多缺乏语音学知识，又出生于某些方言区的人，因为拟古音频中借鉴了他们所熟悉的方言母音，不免亲切而生好感，因此大肆宣称汉

语古音（即今日"人造"的那些"拟古音"，是否真是古音当然已无从证明），比今日的汉语普通话更好听、更优美、更应发扬光大。

因此，才有了这篇通俗小文的题目。

首先需要明确的是，语言及其语音，只是人类表达思想感情的手段。只要能准确有效地实现交流思想感情的目的，本身并无优劣之分。

当然，语言的发生、演进是受各种因素影响的，包括外部自然条件，以及人类自身神经和发音器官的进化，尤其是社会活动及交际的深入复杂。

由于上述因素的差异，人类社会发展出几万种不同语言。我们虽不能以进步论的标准判断它们之间的优劣，但的确也存在发达与落后之别。更重要的是，作为思维工具，不同语言及其语音，具有各自的特点。

比如我们汉语，由于词汇以单音节和双音节为主，一音多义和同音词大量存在，因此影响到汉民族的思维特点，不以概念清晰为尚，而以联想、引申、转义、谐音、隐喻、双关等文学修辞为长处。而英语、法语等拼音语言，其词汇并无音节限制，因此每个概念都可造一专有词汇。因此这种语言就更适于表达和发展出严密的逻辑思维。

语音作为语言的物理外壳，其发生与演变首先受人体发音器官及支配其运动的神经系统的限制。因此，人类所能发出的声音种类，总是有限的。

语言学认为，语言的进化，在反映人类社会实践与思维深化进程中，遵从两个基本原则。一是精准要求，即尽可能完备、准确、细致地表达思想概念。这个原则促使人类使用更多的语音，创造更多的词汇；同时也促进了人类发音器官的进化。二是简约要求，就是语言的效率或经济性，即以尽量少的语言音素去表达思想，以求尽量节省神经肌肉的能量消耗。

上述两条原则相互作用，相互制约，并在不同条件下或达至某种平衡，或失去平衡而促使语言发生变化，从而构成语言演化的内在动力。

本文所涉汉语语音的嬗变，同样遵从上述语言演进的原则。

　　其中精准原则，主要表现为两点。一是随着发音器官的进化，产生了更细致的发音部位区分，即古汉语没有的舌面音、舌边音，在近现代汉语中都有了。二是为弥补汉语发音简约化造成的同音词问题，汉语由原来的以单音节词为主，演化为以双音节词为主。今日更是出现了大量多音节词。

　　而简约原则导致的汉语语音的简化，更是古汉语语音向现代汉语语音演变的主流。表现在以下几个方面：

　　第一，复辅音消失了。所谓复辅音，就是在一个音节中有两个甚至三个辅音连在一起构成声母。尽管对于上古汉语是否存在复辅音尚有争议，但现有语言遗迹，比如"孔"演化为同义的双音素词"窟窿"，很可能上古时"孔"字是 k 和 l 构成双声母；而"毂"演化为"轱辘"，可能上古时"毂"是 gl 双声母。今日吴粤方言中，仍存有复辅音双声母的读音。这些似乎都说明上古汉语（正确说应是华夏上古各部族的多种原始语言），极可能存在复辅音。而后来复辅音的消失，正是语音简约的要求。因为在极短时间里要连续发出两个甚至多个辅音，发音器官会因紧张度增加而费力困难。

　　第二，由多音节变为单音节。与复辅音相关的是，汉语的上古原始形态，很可能存在以两个甚至两个以上音节的固定组合，表达一个词义的情况，类似现代英法等拼音文字。后来随着独体汉字的产生，对语言的单音节倾向发生重大影响，尤其是诗歌对音节整齐的追求，更推动占统治地位的集团、部族、国家主导的所谓"雅言"向单字单音节转化。其间可能经历了两个音节中的一个弱化为次要音节的过程。事实上，今日各地方言中，仍存在一字两个音节，一个为主要音节，一个为次要音节的情况。比如北方众多方言中，表达答应、是、同意等意思的"嗯"，都发为 en-na 两个音节。

　　第三，音节的辅音尾消失。这是与汉语声调演变相关的问题。当然若涉溯源，辅音尾是否由次要音节弱化，彻底丢失其中的元音而成，也是可

能的。至于上古汉语是否有声调及有多少声调，是存在很大争论的。但一个共识是，中古汉语声调已成系统。而其中的入声字，即是以辅音结尾的音节。因此，明清近代汉语中入声调的消失，即标示汉语辅音尾的失去。直至今日现代汉语普通话，所有音节均以元音或复元音，或被视为半元音的鼻辅音结束。

第四，浊音声母全部清化。所谓发音的清浊，说的是发音时声带是否振动。我们知道，所有元音的发音，都要振动声带，同时元音发声的另一特征是气流不受阻，因而元音就显得洪亮圆润，具有乐音的共鸣性质。但辅音均为气流受阻——在口腔中摩擦、塞闭、爆破，此时若让声带振动而发出明显的声音，这声音不仅混浊而充满噪音，而且发出来比较费力。这也是我们读英文比读中文费力的重要原因，因为英语中有大量浊辅音。而现代汉语中的辅音声母，全都是清音，不需要振动声带。

第五，声韵调数量均简化减少。从总体上看，汉语无论声母韵母还是声调，大趋势都由繁复向简化发展。

先看声母。据语言学家推测，秦汉之前的上古汉语声母，可能在31个到33个；略少于有明确记载的唐末僧人守温36个声母。这种中古声母多于上古的情况，很可能是声母浊音向清音演化中并存阶段的表现。而且，若考虑到学者推论主要以上古书面中"雅言"或官方共同语的材料为据，肯定不能全面反映当时的语音实际——正如我们今日规范的普通话肯定比实际语言特别是方言简约一样，据此可以猜测，上古华夏实际语言中的声母多于中古，也是可能的。至于发展到今天，普通话中声母已简化为21个（另有两个零声母 w、y）。

韵母方面。目前语言学家的共识是，上古汉语韵母中的元音音素与近现代汉语基本相同，与人类其他语言也相差不多，因为这些元音是人类发音器官所能发出的几类以声带振动和口腔只做共鸣而不发生阻碍为特征的声音。它们因为响亮而构成音节的听觉主体。但由于上古汉语韵母中存在复杂的辅音韵尾，语言学各家构拟的上古韵母数量相差很大，比如，严学窘先生构拟有 97 个韵母；郑张尚芳拟为 57 个韵母。到了中古时的《广韵》时代，韵母增至 142 个。但后来随着辅音韵尾和入声的消失，韵母也开始简化，直至今日普通话中，只有 39 个韵母。

声调方面。虽有上古汉语无声调之说，但至少在《诗经》时代，汉语声调已与音节韵尾相关。到中古时期，四声即成系统，实则平上去入又可细分。唐代时，日本僧人安然所著《悉昙藏》中就记载了当时洛阳、长安、太原的声调，说："四声之中，各有轻重"。因此后人谓之"四声八调"。今日各地保留古声调的方言中，声调有多至八九个的。但由北方官话演变而成的现代汉语普通话，其声调已简约为阴平、阳平、上声、去声四个。

由上可见，至少从中古之后开始，汉语语音在音节、声韵母和声调三个方面，都走向了简化。造成这一演化趋势的原因，我以为主要有三个。

一是语言交流的频度和深度增加，必然更强调语音的效率，以求发音器官能量付出的经济性。于是，那些复杂音节和发音费力困难的音位音素，就逐渐被淘汰了。

二是不同民族语言频繁交流，也淘汰了那些复杂难发的语音。当人们在接触外族语言时，总是最先接受其中发音简单的，容易模仿和记忆的语词及其内含音素。这当然会促使语言语音在交融中发生简化。

三是书面语、官话及诗词曲赋文学体裁，助推了汉语语音简化。由于汉字的独体结构和强大表意功能，可在书面语上缓解因音节及声韵母和声调简化，导致同音字词增加的问题。而官话的绝大部分使用场景即为书面语的交流。因此官话无疑成为语言简化的动力。浓厚的诗词曲赋文学传统，因要追求语音节奏整齐而创造众多格律定式，其整敕绝非只限于书面字数，同时也要求声音的规整对称。这肯定会促使汉语音节从繁复不一走向简明整齐。

那么，以元明清时代官话演变而成的汉语语音已简约至今，并被大多数语言学家选定为汉语标准普通话——千万不可以为文字语言改革委员会

的投票者全是北京人哟！就免不了要回答这样一个问题：北京语音好在哪儿？

其实，以北京语音为标准的现代汉语语音，除了简约易学外，与古代汉语以及保留了不同古汉语特点的各方言相比，最大的优点或长处，就是好听。

一种声音好听与否，确实具有极大的听觉主观色彩。比如有人爱听钢琴，有人爱听小提琴，还有人爱听中国古琴。我们当然不能以这样的主观好恶为标准，判定三种乐器的声音孰优孰劣。

但这绝不等于说，对声音的优劣就没有一致的客观标准。至少音乐的存在和音乐心理学都证明一个基本原则：乐音优于噪音。

什么是乐音呢？乐音是由有规律的振动发出的，以一个单频音为主并辅以许多整倍数振频谐音的，让人听起来感觉和谐乐耳、身心愉悦的声音。

与乐音相反的则是噪音，即那些杂乱无章、不合谐的、刺耳的，引起人心理甚至生理不适的声音。

一切音乐艺术，都主要是由和谐、悦耳、动听的乐音构成的。但并不绝对排斥噪音。因为第一，世界上没有纯粹的乐音，一切乐音中多少都包含一些噪音。第二，因表现情感需要，乐器中仍要有鼓、锣、镲等噪音乐器；乐曲中也要有不和谐的音程。但无疑，乐音是音乐的主体。

语音中同样包含乐音和噪音。比如，以发音器官阻塞、爆破、摩擦为主要方法发出的辅音或声母，就基本上是噪音。而以声带振动、口鼻腔开放共鸣方式发出的元音或韵母，就是以乐音为主，因而听起来响亮、和谐、悦耳。

汉语语音由古至今的简约过程，正是乐音增多、噪音减少的过程。正如前述，表现为：

一是音节中属于噪音成分的辅音不断减少并清化，而具乐音性质的元音成分相对更多了。如上古音节中可能存在的双辅音消失了，声母均变为单辅音；而保留下来的单辅音声母，其中的浊音全部清化了，噪音色彩变弱了。入声字音节尾的 p、t、k 塞音也消失了。同时，韵母也均以元音或鼻音收尾，音节的乐音色彩也就更突出鲜明了。

二是音节结构变得简单规整了。汉语音节由上古时结构比较复杂，一个字可能存在主要音节与次要音节，演变为现在的简单单音节。每个音节均由声母和韵母两部分组成；声母只能是单辅音，也可以没有。韵母是音节主体；其中韵头（介音）和韵尾可以没有，韵腹作为主元音必不可少。这样每个音节由一至四个音素组成，各音节之间发音时间长度差别很小，而使辅音（声母）与元音（韵母主体）相互间隔明显又具有规律性，因而语音音节流更具节奏感。

三是声调系统简单而对比鲜明了。上古声调复杂而不鲜明，大概是南北朝之前，人们不太关注声调的原因。后来将平上去入分为平仄两大类，固然与诗文声调节律划分不宜过细有关，但也反映出，平声内部的阴阳对立很不明显，仄声内的上、去、入三种声调之间，差别也没有今日上声与去声之间对比强烈。可见，中古时代汉语声调，尤其是仄声，主要还是与声母清浊及韵尾相关的音位成分。而今日现代汉语普通话的声调，完全成为了脱离辅音音段，只给韵母增加高低旋律的超音段成分。不仅成为区别字义的重要手段，而且阴阳分明、各具独特的旋律——连续的声音高低变化。这也使现代汉语普通话更具音乐色彩。

总之，结论就是：以声音的音乐标准来判断，不可否认的事实就是，现代汉语普通话与古代汉语及尚存古代汉语较多遗迹的许多方言相比，语音的乐音成分更多了，语音的音乐色彩更丰富了。

这有什么好处呢？

首先是好听悦耳。一是没有明显的大量的浊辅音，以及破擦音收尾，因此听起来音色清亮。二是音节间隔清楚，节律整齐，容易形成节奏。三是声调分明，起伏显著，听起来声音具有旋律性。

其次是有利于强调语音作用的诗歌艺术创造。诗是刻意运用语音元素

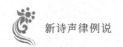

传情达意的文学体裁，这在我们深厚博大的诗学传统中尤其突出。

今日汉语白话诗的众多作品，丧失了语音中韵色、声调、节奏的音乐性，其原因不是现代汉语普通话的音乐性比古汉语退步了，而是白话诗的作者们放弃了诗歌对语音构诗元素的追求与使用，把白话诗写成了散文——甚至还不如散文。

与许多人误以为普通话比古汉语退步的肤浅误解恰恰相反的是，普通话的音乐性是更强更鲜明了。要证明这一点，只要找一首网上流传的，某些语言学者用拟古音朗诵古诗的音频，反复听几遍，再用普通话朗诵几遍听听，这样一对比，拟古音的音质之杂，噪音之多，节奏之乱，普通话的音色悦耳，音质清彻，节奏分明，就非常明显了。

或者，用吴粤方言甚至客家话读首古诗，再用普通话朗诵一下对比听听，也会得出同样结论。

当然，前提是中立客观的心态。许多出生成长于方言区的朋友，因对自己方言母音的熟悉偏爱，往往不愿承认上述事实。正如《邹忌讽齐王纳谏》所谓"私我也"。

请允许我再说一遍，当年投票把北京语音确定为现代汉语普通话标准的专家学者们，还没有堕落到后来看权力眼色说话的"砖家"之水平。这从新中国建国时几乎所有高层决策成员都是南方人，却未影响到投票结果即可看出。

至于这些专家学者的中立客观性，只要看看他们大多也是南方人，也就无话可说了。

现代汉语普通话语音的音乐性之优，理应在诗歌等追求语音艺术的创作中发挥出来，这应该成为今日诗人们的共识，否则，诗与散文失去了体裁之别，诗也就彻底消亡了。

（2021年3月6日）

古装挺美，质料只能当代

——也说学写古体诗的音韵问题

我华夏乃诗之国。从夏商周至今，诗作浩瀚如海，诗人群星灿烂。之所以如此，除了经济政治等社会原因外，汉语语音的构诗元素——音（节）、韵、调（后形成的声），分明突出适合构造诗歌这一文学体裁，无疑是最重要的因素。因为诗与散文体裁的本质区别，就在于诗是语音的艺术。

古人甚至利用这些汉语独特的构诗元素，创造了诗律、词牌、曲调等一大堆诗歌格律公式。其音韵之精美，至今仍充满吸引力。

今天仍有许多人，喜欢学写格律体诗词曲赋，这无疑有利于中华文化传承。但如何处理古人创造的格律与今人语音的矛盾，是个值得思索的问题。

尤其是押韵。我们现在知道，由于汉语演变，上古、中古、近古乃至现代，语言中的音节尾音韵色，以及人们根据听觉相近原则对它们的分类，变化非常大。

古人缺乏语音演变观念，因此总用"叶（协）音"的办法解释前人诗作中与今音韵色不合谐的问题。直到明代陈第，才认识到"时有古今，地有南北，字有更革，音有转移"的客观事实。为后来汉语音韵演变的研究奠定了基础。

研究语音要有历史演化的眼光；学习使用古人诗律，又何尝不应该有这眼光呢？

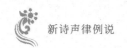

现在常听一些人主张写格律诗要用平水韵，严格遵照韵书押韵。其实照古代韵书押韵，若作为个人爱好本无可非。但若成主张，并以此批评甚至对别人用今音口语押韵表示不屑，就很可笑了。

作诗押韵应该依据韵书，还是应该依据现实语音？这个问题答案很简单。

中国有韵书是隋唐之后的事情。在此之前，古人作诗押韵就没依据了吗？当然有，那就是当时的实际语音，主要是所谓"雅言"官话的语音。

韵书为何产生在隋唐？因为那时有了科举考试。换言之，考生来自天南地北，语音必有差异。为了考试作诗时有个统一标准，也为了增加点淘汰依据，官府才组织专家编写了韵书。

而且这韵书编出来，也不是一成不变的。宋、元、明历代，都根据实际语音的改变，重新修订了韵书。

由此可见，韵书并非押韵的标准，它是为官场服务的一个僵死的考试依据，只是当时主流语音的反映。诗韵的根本标准还是实际的口语语音。各个时代的诗人们，除了考试外，写诗用韵，主要还是依据当时的实际语音。即使考试用韵书，也是用接近当时的，不可能用前人编的离现实太远的旧韵书。

今日作诗，更当以实际的主流（普通话）语音为押韵标准。因为除了上面说的古人也以当时语音押韵外，更重要的原因还在于，我们要明白诗词押韵的目的何在。

诗之押韵，既不为书面上好看，也不是为了显示作者特有学问，掌握了多少古代韵书。押韵的唯一目的，就是为了诗在听觉上音色和谐。

既然是为声音的和谐，唯一的办法，就是依照今日大多数人使用的实际语音来押韵。不然的话，你按古代韵书押韵写的诗词，别人却只会用今音来读，会和谐吗？那样只会失去押韵的作用。

最浅显的例子，就是唐代杜牧那首著名的《山行》中，把"斜"字和"家""花"押韵。按唐代当时语音，听起来肯定是和谐的。但如果我们今天作诗时，依照唐代韵书，仍将二字相押，读者吟诵起来，肯定不会和谐。

况且，许多古今读音不同的字，由于古代没有录音手段，我们很难准确复原当年的实际发音。连研究古音韵的学者们的所谓"拟音"，也只是猜测模拟而已，谁也不能保证自己的拟音肯定和古人一样。这样的古音，怎可做今天诗词创作的押韵依据呢？

说穿了，许多主张用平水韵的朋友，肯定不是因为他们认为平水韵和谐好听——你都不能准确发出那古音。更多的恐怕还是要显示自己"学问"的优势罢了。其实那算什么学问，不过是背背韵书而已，肤浅得很。

如果真以为学写古诗必须用古人之韵，那岂非越古越好？平水韵也太low 了，何不去背隋、唐、宋的《切韵》《广韵》？

总之，我们应该明白诗词押韵的目的，是听觉的和谐，因此押韵只能以今日大家能读出、能听懂的实际语音为标准。不可能去复原已消失的古人语音。而如果生搬古代韵书为准，结果只能是纸面游戏，实际读出来也不可能音韵和谐。

就比如今人觉得古代服饰样子很好看，我们偶尔照那样式做一两件穿穿也挺好。但所用布料缝线，则肯定是现代今日的，而绝不可能从古墓里出土些绢帛来制作。

格律公式就如古装样式，可以照着作诗，但无论是思想内容还是语言音韵，只能是今人的材料。

除古韵今韵外，涉及格律的争议还有平仄与孤平等问题。我以为原则与用韵一样，应以今音为准。当你实际上不能读出古音平仄声调时，却偏要按古人韵书来判定文字的平仄去作诗，而大家又只能用今天的声调来读，结果就肯定也是平仄大乱。

（2021 年 1 月 31 日）

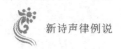

也说平水韵

今日许多喜作格律诗词者，似乎对《平水韵》甚为痴迷。不仅自己押韵必依平水韵，而且对别人用"新韵"，或干脆以今日普通话口语语音为标准押韵的诗作，不屑一顾。这实在是很可笑的。

我反对以平水韵或其他古韵书为标准押韵，理由如下。

1. 目的搞错了

写诗押韵的目的是为了朗读起来韵律和谐动听，而不是为了展示古音韵原貌，或作者掌握多少古韵学问。何况背个韵书也不算什么学问吧？

如果以为掌握和使用越古老的韵，就越有学问；那干嘛不去背更古的切韵、唐韵、宋韵？

2. 古音不可复原

其实，我们不能不承认，无论如何严格依照古代韵书押韵，那也只是纸面游戏。当我们吟诵自己的诗时，即便严格按《平水韵》，也只能使用今日口语语音，而不可能读出古人的实际发音。

所谓韵书，不过告诉我们哪些字可以和哪些字押韵而已，却不是录音机，不能告诉我们古人发音的实际情况。可见我们是不可能把古音发出来的。

就连研究古汉语的专家，对古人的实际发音也只是"拟音"，也就是大概的揣测。而且不同学者的拟音差别很大。请问，以这种不可能读出，大家也无共识的古音来押韵，岂非陷入韵书的书面游戏了吗？

3. 古人也以当时的实际语音押韵

在韵书产生之前的上千年就不必说了。没有韵书，古人也写了那么多诗，押韵当然是依照当时的口语实际了。

后来为何要编韵书？不是没有韵书就押不成韵，而是为了科举考试，考官判卷有个标准而已。这个标准当然也发挥了促进各地方音融合的作用。但在生活中或曰非考试环境下，古人写诗押韵，仍主要是依据口语语音韵色相近的原则，而不是刻板地照韵书标准。这道理很简单，语音是活的、变化的；韵书则是死的、落后实际的。

这从唐诗作用韵的实际情况就能看出来。有人统计了《唐诗三百首》中的 81 首五律，有一半以上用韵属于《切韵》和《唐韵》中的不同韵部，但因实际语音相近可以通押的韵。杜甫的 10 首五律中，只有 5 首用韵按韵书严格限定在一个韵部。刘长卿七律《长沙过贾宜宅》用了《切韵》《唐韵》的"之""脂""支""徽"四个韵部。可见均是按语音实际而非韵书规定的韵部押韵的。

再如，"仙"和"先"，在《切韵》和《唐韵》中分属两个韵部，科举考试时混用肯定是要扣分的。后来到了《平水韵》时代，"仙""先"才合为一韵。但我们看杜甫的《饮中八仙歌》，却是"仙""先"两韵混用的。可见老杜也不是照韵书押韵。也说明当时口语实际语音中，"仙""先"二字发音已很相近，所以杜甫是按实际语音押的。但韵书却是落后于实际，直到《平水韵》才改。

4. 作诗押韵，听觉比视觉重要

由韵书发展的历史就可知，它是语音发展演化复杂过程的体现。随着古音的不断灭失，以及语音的变化，韵书作为诗歌创作押韵的参考作用，也基本消失。只剩了语音史研究材料的作用。

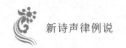
正是由于各时代实际语音的变动不居，加上韵书编辑者目的不同、依据不同，甚至个人对语音感受不同，其划分韵类也有出入，并无统一不变的标准。

于是，要让诗作的押韵达到听觉上和谐的目的，只能以当时当世人们广泛使用的口语语音为准则，押音色相近的韵，而不能照搬古人韵书的书面标准。

最典型的例子，就是《平水韵》中将 an、en 两韵同归十三元一个韵部。按《平水韵》，"小村"与"荒原"是完全押韵的，但若真这样写诗，今天所有人（个别用方言者除外）读起来，都不会觉得韵是合谐的。这样的押韵，纯为东施效颦，要它何用？

总之，坚持用一种连自己都读不出正确声音的、已死亡的古韵书作诗词创作的押韵标准，或者是还没弄清押韵的目的何在；或者干脆是一种肤浅的虚荣，显示自己好古而学问大罢了。

当然，作为个人爱好，以何语音为押韵标准，似与别人无干。你哪怕用远古的猿人语音——只要你能发出，来押韵也完全可以。但那样的诗作，只有你一个人欣赏罢了。

反过来说，若依《平水韵》乃至《宋韵》《唐韵》去写诗，"古香"则古香矣，"学问"则学问矣，但只是僵死的书面东西。只要让人去读，就必用，也只能用今日之实际语音，结果就是押韵并不合谐。

我们用古人格律写作诗词，不过如同觉得古人服饰样式好看，便照样子做几件穿穿。但做古装的料子、缝线，却只能是当代今人的产品。因为你不可能期望，从古墓里挖出点丝绢布料来制作古装。

古人语音同古代布料一样，早已随时间而消亡，当然不足为今日诗歌押韵之凭据。韵书仅是历史遗迹，真实发音已不可确知，且与今日实际语音相去甚多。这样无声的书面死物，更难成为鲜活的诗歌韵音标准了。

（2021 年 2 月 5 日）

诗人不能自私

中国诗歌的精华，是人性与人民性。可惜今日诗坛，却少了这样的浩然之气，不是矫揉造作、不知所云的文字瞎拼，就是奉迎口号的颂圣贴金。

所谓人性，歌唱的是生命的活力、爱情的真挚、美善的追求，总之，通过诗人个体的深刻体验与意象撷取，传达触动人类共通心理的情感意识。这是诗能动人的基础。比如白居易那首《问刘十九》：

> 绿蚁新醅酒，
>
> 红泥小火炉。
>
> 晚来天欲雪，
>
> 能饮一杯无？

虽千年之后，今日也只是换了二锅头与电磁炉，其中冬日雪夜亲朋聚饮之情，丝毫未改。

所谓人民性，就是在帝王权贵与百姓之矛盾对立的社会现实中，诗人应能站在人民的一面，直面现实，针砭时弊，揭露谎言；而不是奉迎权贵，粉饰太平。

自《诗三百》到《离骚》，诗之魂灵无不充满着批判现实的呐喊；从杜甫的"朱门酒肉臭，路有冻死骨"，到张养浩的"兴，百姓苦，亡，百姓苦"，伟大的诗人从来就睥睨统治者们的所谓丰功伟绩，无情鞭笞他们

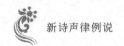

的骄奢淫逸、愚昧残暴，以及由此给百姓带来的巨大苦难。

这些闪烁着人性与平民立场的诗篇，历来受到后人的传诵，成为历史与文学经典。

与之相反，诗史中那些由统治者或御用文人们炮制的"颂圣德、歌太平"的大量所谓诗作，早已成为被人们遗忘的文字垃圾。至于思想禁锢达于帝制时代顶峰的乾隆朝生产的"御制体"作品，甚至被后人归入"恶诗"之列！

帝制固然已逝，仍有权贵者胡作非为，只要看看大量落马官员被揭的贪腐丑行，即可明白。面对现实，那些只唱"正能量"颂歌的诗作，显然是不够的。

由于帝制野蛮，中国几千年战乱频仍，血流成河，这当然反映在古诗中，必有大量征战诗、边塞诗，金戈铁马、气壮山河。尽管其中那些抵抗异族入侵，保卫家国的诗篇吟颂了将士捐躯的英雄豪情；但那些伟大的诗人们，还是从人类文明的本能出发，揭示了战争给人民带来的苦难，发出反战的文明声音。

比如杜甫就直白地说："杀人亦有限，列国自有疆。苟能制侵陵，岂在多杀伤"。他更直言许多战争本非正义，完全是统治者为满足野心而强加于人民的灾难："边庭流血成海水，武皇开边意未已。君不闻汉家山东二百州，千村万落生荆杞。"

历史告诉我们，自私者难成真正的诗人。

（2020 年 8 月 9 日）

学诗自评

写了几十年诗，自觉多为俗语，只有以下几句似可沾成功之边：

一、

　　梦中小妹俏依然，
　　相见惊觉鬓已斑。
　　唯有唇边香痣在，
　　恍惚斗嘴又当年。

——《回忆与现实》

自评：以唇边痣写当年少时斗嘴，形象。

二、

　　书无语，
　　心心自有相知意，
　　相知意。
　　一丝惦念，
　　几回想起。

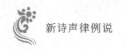

夜来把酒长相忆，

天公泪水湿衣履，

湿衣履。

踌躇未洗，

滴滴有你。

——《忆秦娥·书无语》

自评：雨水湿衣履而不愿洗，因为那是与心上人的记忆，正显深情。

三、

春雪如烟柳绿寒，

京师一梦半生牵。

旧情缕缕终难却，

化作絮飞吻鬓边。

——《春雪寄情给梦中人》

自评：柳绿寒，有色有景有温度，通俗而新奇贴切，网搜尚无先例之句。

四、

夜空并不是总有星光

心灵却牵着岁月梦想

多少次回眸一望

还是那担水的小姑娘

今夕鹊桥弯弯

今夕银水长长

曾经播撒一片热望

匆匆已是鬓发苍苍

青春可以不再

爱却能地老天荒

今夜玉露更浓

今夜金风更爽

——《七夕》

自评：担水小姑娘，以典型熔铸深情而隽永的回忆。

五、

新月如钩

流晖如酒

日日恋不断远去呼唤

夜夜梦的是那双黑眸

终于银水被爱浸透

金风爽彻欢鹊桥头

忍不住悄问一句

等待多久

命中注定

天地缘由

一声声情诉洞穿岁月

271

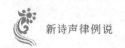

两片片相思缠绵不休

生命不过如此

轮回也就是宇宙

相逢一宿

心已足够

——《轮回——壬辰七夕》

自评：两句双音拍和两句三音拍叠声词让句子有了激情。我以为诗要多用叠字词才好。

六、

京城昨夜雪飞天，

春女妆成玉色寒。

梦醒晨阳吹细水，

绿风湿透路人肩。

——《京城春雪》

自评：太阳出来吹化春雪必是细水，描写入微。不说滴水湿了路人肩而以绿风代之，将春色融入了画面。

七、

西山暮叶使人愁，

一片胭唇一片秋。

霜鬓苍苍寒色重，

半坡红晕为谁羞。

——《题二英坡峰岭红叶照》

自评：一片片红叶如涂了胭脂的嘴唇一般，却是秋色之悲。以胭唇像红叶，具像而富情感。

八、

相去日已远，
相望七夕天。
昨夜呢喃雨，
长忆鹊桥欢。

——《七夕寄情》

自评：呢喃细语是老化之词。但借用同音字的雨取代语，用细语之声描摹缠绵雨声，由此创出一种呢喃雨种，以见新意。

九、

总恋书香墨色亲，
犹如交友万千人。
布衣贫病何所有，
学富三车冀似银。

——《读书》

自评："学富五车"是俗熟成语，因"五车"有让此句犯孤平之嫌，故改为"三车"，一者合平仄，二者表自谦，三者跳出俗套以出新。

（2019 年 10 月 6 日）

参考文献

[1] 王力 . 现代诗律学 [M]. 北京：中国人民大学出版社，2012.

[2]（日）松浦友久 . 中国诗歌原理 [M]. 孙昌武，郑天刚译 . 沈阳：辽宁教育出版社，1990.

[3] 梁守涛 . 英诗格律浅说 [M]. 北京：商务印书馆，1979.

[4] 冯胜利 . 汉语韵律诗体学论稿 [M]. 北京：商务印书馆，2015.

[5] 王丽娟 . 汉语的韵律形态 [M]. 北京：北京语言大学出版社，2015.

[6] 端木三 . 音步和重音 [M]. 北京：北京语言大学出版社，2016.

[7] 裴雨来 . 汉语的韵律词 [M]. 北京：北京语言大学出版社，2016.

[8] 邓丹 . 汉语韵律词研究 [M]. 北京：北京大学出版社，2010.

[9] 吴洁敏，朱宏达 . 汉语节律学 [M]. 北京：语文出版社，2001.

[10] 刘现强 . 现代汉语节奏研究 [M]. 北京：北京语言大学出版社，2007.

[11] 李凤杰 . 韵律结构层次：理论与应用 [M]. 天津：天津大学出版社，2012.

[12] 孙力平 . 中国古典诗歌句法流变史略 [M]. 杭州：浙江大学出版社，2011.

[13] 葛晓音 . 先秦汉魏六朝诗歌体式研究 [M]. 北京：北京大学出版社，2012.

[14] 王易 . 中国词曲史 [M]. 北京：团结出版社，2006.

[15] 王运熙，周锋 . 文心雕龙译注 [M]. 上海：上海古籍出版社，2019.

[16]（梁）钟嵘.诗品译注 [M].周振甫译注.北京：中华书局，1998.

[17] 王国维.宋元戏曲考 [M].芜湖：安徽师范大学出版社，2014.

[18] 王力.汉语音韵 [M].北京：中华书局，2014.

[19] 王国维.人间词话 [M].周公度译注.杭州：浙江文艺出版社，2017.

[20]（清）何文焕.历代诗话考索 [M].北京：商务印书馆.

[21]（清）赵执信.声调谱 [M].北京：中华书局，1991.

[22] 余甲方.简明中国古代音乐史 [M].上海：复旦大学出版社，2017.

[23]（美）米罗·沃尔德.西方音乐史十讲 [M].刘丹霓译.北京：世界图书出版公司，2015.

[24]（古希腊）亚理士多德，（古罗马）贺拉斯.诗学·诗艺 [M].郝久新译.北京：中国社会科学出版社，2009.

[25]（美）乔纳森·卡勒.结构主义诗学 [M].盛宁译.北京：中国人民大学出版社，2018.

[26] 侯斌，冯小花，杨智慧.形式对意义的模仿——语言文学中的象似性现象 [M].北京：中国社会科学出版社，2015.

[27] 李国新.明代诗声理论研究 [M].北京：中国社会科学出版社，2017.

[28] 薛世昌.话语·语境·文本——中国现代诗学探微 [M].北京：中国社会科学出版社，2015.